R
V

Michael Naether

Der Fluch von Guernica

Eine Erzählung aus der Geschichte

Regenbrecht Verlag

Bibliografische Informat   utschen Bibliothek
Die Deutsche Bibliothek   t diese Publikation in
der Deutschen National
detaillierte bibliografisc   ind im Internet über
http://dnb.ddb.de abruf

ISBN: 978-3-943889- 29-1

Herstellung: BoD – Books on Demand, Norderstedt

Umschlagbild: Faschistische Truppen im Vorrücken gegen die Arbeiterstadt Rio Tinto im Kupfergebiet West-Spaniens, 1936/1939, Quelle: Bundesarchiv

Der Autor

Michael Naether (1939–2006), Journalist und Autor, war Ende der 60er Jahre Kriegsberichterstatter in Afrika, danach Korrespondent u.a. in Lissabon und Madrid, Moskau und Paris sowie Beobachter bei internationalen Konferenzen in Havanna, Helsinki und New York. In den 90er Jahren betrieb er einen Kinderzirkus am Berliner Wannsee, wo er unter anderem mit einem Bären, einem Tiger und einem Panther, den er selbst mit der Flasche aufzog, lebte. Später betrieb er ein Kindertheater am Potsdamer Platz, wo er auch jahrelang in einem Zirkuswagen lebte, direkt vor Augen die tiefgreifenden Veränderungen, die diese Gegend nach der Wende kennzeichneten: von der Brache zur neuen Mitte Berlins.

In seinen letzten Lebensjahren war Naether sehr aktiv in der Berliner Off-Theaterszene, er inszenierte, schrieb Theaterstücke und gab Seminare. Sein 2004 entstandenes Buch „Der Fluch von Guernica" erscheint erstmals aus seinem Nachlass.

»Was geschieht? Eine Generals-Emeute, im Dienst der alten Ausbeuter- und Unterdrückungsmächte unternommen und übrigens mit dem spekulierenden Ausland abgekartet (...) Nun, die gegen die spanische Republik revoltierenden Militärs, soviel ist klar, haben das spanische Volk nicht hinter sich (...) Dennoch haben die an der Erwürgung der Freiheit interessierten europäischen Regierungen mitten im Toben des von ihnen unterhaltenen, wenn nicht entfesselten Bürgerkrieges die Herrschaft dieses Rebellen (General Franco) als die einzig rechtmäßige anerkannt.«

Thomas Mann, Zürich 1937

»An und für sich war Guernica ein voller Erfolg der Luftwaffe.«

Oberst E. Jaenecke, Berlin 1937

Vorwort

Man reibt sich die Augen – das hat sich wirklich einmal zugetragen: der weltweite, gemeinsame Aufstand von Schriftstellern zur Rettung einer Republik, zur Verteidigung demokratischer Kultur. Es ging ihnen um ein neues Spanien: García Lorca und Gorki, Hemingway und Malraux, den Gebrüdern Mann, Neruda und Orwell und vielen, vielen anderen, auch Künstlern oder Wissenschaftlern wie Chaplin, Picasso oder Einstein. Sie sprachen auf Kongressen, verfassten Denkschriften, sammelten Geld für Lebensmittel und Medikamente und stellten sich zu Dutzenden sogar in den Dienst der Internationalen Brigaden gegen Francos Militärputschisten. Im Olympiajahr 1936 und danach, in Berlin waren die Bücher damals schon verbrannt.

Der Kampf der spanischen Republikaner, schrieb der Literaturprofessor Hans Mayer, habe zu einer »erstaunlichen literarischen Integration« geführt, »über alle Sprachen und schriftstellerischen Überlieferungen hinweg«. Der Historiker Rainer Wohlfeil ging noch weiter: Der Kampf um Spaniens Republik habe schließlich »eine Literatur angeregt, die größere Vitalität bewahrt hat als der Großteil dessen, was während und nach dem Zweiten Weltkrieg geschrieben wurde«. In der Tat, kaum jemals im 20. Jahrhundert dürften sich Geist und Macht, regionale Macht und Weltgeist näher gekommen sein als in Zeiten der spanischen Republik. Ein Phänomen übrigens, dem bis heute immer neue Bücher, Bilder und Filme nachfolgen, und das immer noch weltweit.

Eingebürgert hat sich der Begriff vom »Spanischen Bürgerkrieg«, allgemein bekannt geworden durch zahllose, oft zusammenhanglose Einzelschilderungen erst journalistischer und publizistischer, dann literarischer und historischer Art. Daran hat sich bis heute wenig geändert. Es bedurfte also der Einführung neuer fiktiver Figuren, um festzustellen, inwieweit die überlieferten Begriffe den ursprünglichen Tatsachen entsprachen. Tatsachen, die in jenen 30er Jahren (und lange danach) kriegsbedingt zum Geheimwissen einiger weniger Beteiligter gehörten, inzwischen jedoch allgemein bekannt sein sollten ... Wer wollte es nicht wissen?

Die fiktiven Figuren dieser »Erzählung aus der Geschichte«, Kriegsteilnehmer auf republikanisch-demokratischer Seite, wollten es schon damals wissen. Möglich aber war das vor Ort, das verstand sich von selbst, allenfalls Offizieren geheimer Dienste. Die Fuß- oder Barfußsoldaten waren mehr oder weniger auf Propaganda angewiesen, wo sie auch standen. Interessant daran war die Tatsache, dass just der Begriff »Bürgerkrieg« nicht die Erfindung der aktiven spanischen Propaganda, sondern bestimmter ausländischer Beobachter war. Dasselbe galt für den Begriff vom »Franco-Putsch«. Außenstehende Beobachter konnten es damals nicht besser wissen.

Fünf, sechs deutsch-italienische Divisionen insgesamt standen in Spanien einem russischen Bataillon gegenüber, zusätzlich die Kolonialtruppen und Fremdenlegion der Junta den Internationalen Brigaden. Kein Lexikon der Welt könnte uns eine derartige Konfrontation, gestützt auf Intervention und Invasion, als einen Bürgerkrieg erklären. Zumal wenn der blutige Machtkampf im Inneren eines Landes, wie geschehen, strategisch weit über seine Grenzen hinaus- und beinahe nahtlos in einen Weltkrieg gleicher Frontstellung übergeht.

Zugegeben, auch den Helden meiner Erzählung, Gestalten ohne Vorbilder im wirklichen Leben, musste der Spanienkrieg gelegentlich als ein geheimnisvolles Verwirrspiel erscheinen. Himmel und Hölle wechselten schließlich mitunter die Plätze. War da nicht ein Pakt in Moskau auf ein Abkommen in München erfolgt, und was bedeuteten diese unsäglichen Dinge für Madrid? Wollte Stalin die Straße von Gibraltar dem britischen Empire streitig machen, wie nach ihm Hitler? Fragen über Fragen im spanischen Vor-Weltkrieg.

Mehr noch. »The Germans to the front!«, hatte es nur

eine Generation zuvor auf britischen Befehl im fernen China geheißen; da draußen war man noch verbündet, familiär sogar, und ließ sich vor Hongkong die Kastanien aus dem Feuer holen. Warum jetzt nicht auch vor Gibraltar? Im Zuge eines gemeinsamen Flottenabkommens, im Zeichen eines gemeinsamen Feindes (wie üblich im Osten), im Zentrum eines gemeinsamen »Non-Intervention Committees« mit Amtssitz in London, letzteres ein besonders schamloser Verein, der Demokratie und Diktatur in Spanien nicht bloß gleich behandelte, sondern die Demokratie dort boykottierte anstelle der Diktatur. Nicht zufällig wurde die Sprachregelung vom »Civil War in Spain« in diesem Gremium kultiviert.

Die Erklärung war einfach: Deutschland unter Hitler war tatsächlich das einzige Land der Welt, das dank Goebbels' Zensur bis 1939 nichts wusste von Görings »Legion Condor«, der deutschen Luft- und Panzerwaffe im Spanienkrieg, zumindest nichts wissen sollte.

Besonders Guernica blieb öffentlich eine spanische Angelegenheit. Schließlich hatte der Krieg weit hinter den Alpen, ja hinter den Pyrenäen, der Wehrmacht planmäßig zur höchsten Bereitschaft für weitere, größere Angriffskriege verholfen unter dem Etikett vom fernen »Bürgerkrieg«.

Damit sind wir beim Ich-Erzähler unserer Geschichte. Selbst Kriminalpolizist, doch ein Schelm, hat er sich seiner Verhaftung in letzter Minute entzogen und einen Fluchtweg nach Spanien gefunden, noch vor dem Krieg. Guernica sieht er noch unzerstört, ähnlich wie wir es heute erleben können, wenn auch manches erneuert. Die alte Brücke aber, im Frühjahr '37 das angebliche Bombenziel, steht immer noch, nach wie vor. Zu schweigen von dem Fluss aus den Bergen, den sie überquert.

M. N.

I. Teil

1.

Im April '37, im zehnten Monat des Krieges, war es endlich so weit. Mit dem Auftrag, hinter den feindlichen Linien einen bestimmten Mann zu ergreifen, wurde ich neben Paco und Simpson einem verdeckten Kommando zugeteilt. Tot oder besser lebendig sollte der Entführte in Madrid, das belagert war, den Abgesandten einer hungrigen Weltpresse vorgeführt werden – ein deutscher Offizier, Infanterist der Legion Condor, schon im Zivilleben ein vorbestrafter Krimineller: Oberleutnant Dr. rer. pol. Oskar Dirlewanger.

»Da regnet es auf einen Durchnässten«, witzelte der alte Paco, unser Veteran. Was er damit meinte, war klar: Auf Seiten des Kriegsgegners war alles illegal, der Putsch, die Junta der Generäle, die Legion Condor, ein Hilfsregiment der Wehrmacht, dazu Mussolinis Schwarzhemden ... da war ein NS-Zuchthäusler nur der Punkt auf dem I, von der SS zur »Frontbewährung« nach Spanien versetzt.

Wie konnte das sein? Schreckte man in Berlin, eben noch Gastort einer Olympiade, schon jetzt vor gar nichts mehr zurück? Unsere Suche nach Dirlewanger sollte zur Suche nach einer Antwort werden. Was wir suchten, war alles.

Sein Werdegang: Ein junger Leutnant aus Würzburg, der Weltkrieg ist vorüber, wird Freikorps-Sturmführer im deutschen Bürgerkrieg, von Württemberg über das Ruhrgebiet und Mansfeldische bis nach Schlesien, studiert zeitgleich zum Betriebswirtdiplom, tritt schon 1922 in die Hitlerpartei ein, promoviert in Frankfurt/Main. Als Leiter einer Erfurter Fabrik wegen Unterschlagung entlassen, erste Vorstrafen bereits im Freikorps wegen Waffenschiebung. Danach Steuerberater und SA-Major, Verfahren wegen Landfriedensbruch. Nach 1933 Arbeitsamtschef in Heilbronn, zwei Jahre

Zuchthaus wegen sexuellen Missbrauchs einer abhängigen Minderjährigen, danach Lagerhaft und Abschiebung nach Spanien.

Gemeinsam lasen wir Dirlewangers Steckbrief – Paco, ein Madrider Taxifahrer in Milizkluft, Christopher, ein englischer Scharfschütze von den Brigaden, und ich. Zu dritt sollten wir hinter den feindlichen Linien bei Córdoba den Gesuchten ausfindig machen. Vor uns am Tisch standen zwei Offiziere der Sicherheit, geduldig unsere Fragen anhörend, auf die sie keine Antwort hatten. Unser Treffen fand spätabends im fensterlosen Speiseraum eines unbewohnten kleinen Hotels an der Gran Via statt, im Portal aufgebockte MGs. Waffen, die woanders fehlen mochten.

»Soviel wir wissen«, sagte einer der Offiziere, »muss sich der Gesuchte am 10. Februar in Cádiz eingeschifft haben. Das Schiff brachte in Berlin gedrucktes spanisches Geld samt Wachmannschaften. Ausgemusterte SA-Leute, alles Vorbestrafte, die nach Sevilla zur Fremdenlegion gingen. Etwa fünfzig Mann. Dirlewanger gelang dort der Absprung zu regulären deutschen Einheiten, zur Legion Condor. Ihr Kommandeur Sperrle ist ebenfalls Württemberger mit Freikorps-Vergangenheit ... Das genügte wohl.«

»Kriegen wir den einen«, meinte der zweite Offizier, »können wir den anderen diskreditieren; der eine saß im Zuchthaus, wo des anderen Wiege stand, bei Stuttgart, übrigens in einer Brauerei. Beide gelten als Trinker.«

Mehr erfuhren wir nicht, abgesehen von ungenauen Personalbeschreibungen anhand älterer Fotografien. Feiste Figuren in Feldgrau, verschlossene Gesichter im Schatten von Schirmmützen. Ernste Blicke.

Die Idee ist gut, dachte ich. Der Plan, den Kommandeur der Legion, die offiziell nicht existierte, über einen Kriminellen öffentlich bloßzustellen, darüber hinaus die Intervention der Wehrmacht überhaupt, verriet einigen Sinn für psychologische Kriegsführung.

***

Das aufgeweckte Publikum in London und Washington, wo die Kriegsbeteiligung der Wehrmacht regierungsamtlich nur gerüchteweise zur Kenntnis, wenn nicht billigend in Kauf genommen wurde, hätte seine Sensation. Entsprechend ausgesucht schien die Zusammensetzung unseres kleinen Entführungstrupps: Paco, sprich Francisco Mera, ein glühender Republikaner aus dem Madrider Volk; Christopher Simpson, Master of Arts in Cambridge (im Privatleben Großwildjäger) und ich, bis 1935 Kriminalbeamter im Berliner Polizeipräsidium, danach im Exil. Das Sandkorn einer demokratischen Brigade in drei Sprachen, unbeachtet abseits der Schützengräben verstreut.

Simpson nahm noch einmal das Merkblatt zur Hand, hielt es näher zur Tischlampe. »Oskar D.«, sagte er spöttisch, »ein Mann von nachweislicher Lebensart, eindeutig und geradlinig« (er brauchte einen Moment, bis er das spanische Wort dafür gefunden hatte; rectolineo). Er sah mich an und fragte: »Diese Auflistung ist doch bloß die Spitze des Eisberges, el pico del iceberg, oder?«

In meiner Referendarzeit der Zwanzigerjahre hatte ich Einblick in bestimmte Verfahren erhalten, die unter Ausschluss der Öffentlichkeit stattfanden, sofern es tatsächlich zu Verhandlungen gekommen war. Es betraf zumindest Voruntersuchungen gegen die einschlägigen Militärputschisten, Angehörige von Freikorps und der Feme eines Marinetrupps, später der SA/SS-Einheiten. Ich hätte Simpson dazu einiges sagen können, doch war der Name Dirlewanger in jenen Jahren nur einer unter vielen, kein prominenter gewesen.

»Kein junger Held«, winkte ich ab. »Nicht der geborene Abenteurer und Anführer. Eher von vornherein, vom Weltkrieg an, hin- und hergerissen zwischen romantischer Ruhmsucht und kleinbürgerlichem Aufstiegsstreben. Im Krieg verroht und zugleich moralischen Halt suchend in einem völkischen Massenumtrieb, der ihn nach oben spülen sollte. Gescheitert und getrieben, wie viele tausend andere, nur besonders skrupellos.«

»Gut«, antwortete Paco, »ich verstehe. Dieser arme Mensch hat nicht nur eine Revolution nach dem Krieg bekämpft, sondern eine Republik obendrein. Was ich nicht verstehe: Wie konnte ein ganzes Volk die Beseitigung der Demokratie kampflos hinnehmen? Was erhofft sich euer Volk von einer Diktatur? Warum wird der Widerstand nicht von einer Volksbewegung getragen? Von einer zweiten Revolution?«

Eine schwierige, weil einfache Frage, dachte ich und schwieg. Paco war vielleicht entgangen, dass die Dirlewangers dem Volk tatsächlich ein Revolutionsstück vorgespielt hatten, national und sozialistisch, wie es hieß. Keine Silbe von Faschismus. Doch hier beim Servicio de Información Militar, SIM, war nicht die Zeit, nicht der Ort für eine Erörterung derartiger Fragen. Schon drängten uns die Offiziere zur Tür hinaus, dahinter warteten Kuriere. Morgen früh Punkt sechs, sagten sie noch, stünde hier der Wagen bereit, der uns nach Córdoba bringen würde.

»Albert schweigt«, bemerkte Simpson auf der Straße (Albert war mein Name in Spanien), an Paco gewandt. »Du fragst nach dem Verhalten der Deutschen? Nun, das Eigentümliche bei ihnen ist, dass sie, was vor ihnen liegt, in den Wolken suchen.«

»Wer sagt das?«

»Nicht ich, Albert. Euer Schopenhauer.«

***

Von den Kampfhandlungen der vergangenen Märzwochen war in der abendlichen Innenstadt wenig zu sehen, hier die Reste einer Panzersperre, dort ein Bombentrichter, ein paar beschädigte Dächer und Fassaden. Blaugrau uniformierte Milizen, verborgen in Hauseingängen, die verdunkelte Etagenfenster vis-à-vis beobachteten, mögliche Heckenschützen einer Fünften Kolonne fürchtend. Unauffällig im dichten Strom von Passanten und Autos auf der Gran Via. Cafés und Restaurants hatten wieder geöffnet, auch Kinos und Theater. Aufgestellte Lautsprecher meldeten Erfolge im Wechsel mit populären Liedern. Kein Glockengeläut verkündete den jüngsten Sieg, Madrids Kirchen blieben geschlossen.

»Repressalien?«, rief Paco. »Sicher, doch eine Antwort auf den Kardinal! Er hat uns beleidigt.«

Ich hatte die fragliche Rede des Kardinals, verbreitet über einen Sender der Junta, gelesen; eine Rede gegen die Vertreter einer frei gewählten Regierung, »... die die Seele des Volkes mit widersinnigen Lehren vergiftet haben, mit tartarischen oder mongolischen Märchen, zurechtgemacht zu einem System in solch finsteren Gesellschaften, die vom jüdischen Internationalismus gesteuert werden ...«

»In welchem Jahrhundert leben wir!?«, rief Paco noch lauter. »Wer hat uns diesen Kerl geschickt? Erleben wir hier einen neuen Kreuzzug? Wer verkauft denn dieses Land und wer kauft es unter Opfern zurück? Das ist doch die Frage – unser Dichter hat sie ganz richtig gestellt, no es verdad?«

»Gewiss, das ist wahr«, antwortete ihm Simpson. »Doch vergreift euch nicht an den Priestern, hütet euch davor. Die Welt würde euch einen Strick daraus drehen, aus der Sünde, die man Dummheit nennt. Die Welt da draußen, die gute Gesellschaft zumal, hält sich für sittlich und klug – sie würde sich beleidigt fühlen. Setzt diesen Kardinal ins Unrecht. Verachtung genügt«, schloss unser gelehrter Scharfschütze und Großwildjäger. Ein sonnengebräunter, hochaufgeschossener Enddreißiger mit spindeldürren Armen und Beinen und einem flaschenförmigen Kopf, etwas jünger als Paco und ich.

»Ich führe keinen Glaubenskrieg«, erwiderte Paco auf die freundliche Belehrung. »Und genau das ist mein Verbrechen in den Augen des Kardinals. Wörtlich spricht er nämlich von einem ›christlich-spanischen Sinn des Krieges‹. Mir geht es nur um die Anerkennung meiner eigenen Verantwortlichkeit als Staatsbürger. Ich will nicht, dass ein General oder Kardinal in meinem Namen spricht, wozu habe ich meine Stimme? Ich finde, man sollte die

Kathedralen ruhig öffnen in Madrid – die Bischöfe sollten sich anhören, was ihnen das Volk heute zu sagen hat ... Das Grauen, das Gemetzel, das Blutbad!«

Wir waren einverstanden und schwiegen und gerieten in einen Pulk fröhlicher Kinogänger, sie kamen aus einem Chaplin-Film, und manche spielten auf der Granaten-Allee, wie die Gran Via jetzt hieß, eine Szene nach. Rechts einschwenkend gingen wir die Hortaleza hinauf, bald über hügelige, verwinkelte, enge Wege durch die nördliche Altstadt Malasaña, wo Paco zuhause war. Wir gingen langsam, weil er nach einer Schussverletzung im November immer noch hinkte, zuweilen im Funzellicht einer Laterne Halt machte. Ein schwerer, gedrungener Mann mit kahlem Kugelkopf.

Er erzählte uns wenig von seinem Einsatz bei der Verteidigung Madrids, doch gestern erst, als wir die Propagandaschlacht der Zeitungswelt besprachen, hatte er ein Blatt aus dem letzten Herbst hervorgeholt, beschrieben von einem Barden und Schlachtenbummler der Putschisten, die mit Sturmtrupps gegen den Stadtrand vorgerückt waren. Der Begleiter von Fremdenlegionären und Kolonial-Marokkanern, wie er die Internationalen Brigaden sah:

»Während der Kämpfe brüllten in den Reihen der Feinde tausend verschiedene Akzente. Eines Morgens erwachte die Casa de Campo, übersät mit Leichen aus aller Herren Länder; da waren Russen, Franzosen, Belgier, Senegalesen, Algerier ... Ich sah auf dem Boden den riesigen glatt rasierten Schädel eines Russen und das Ohr eines Negers mit einem goldenen Ring ...«

»Warum ich euch solche Blätter zeige?«, hatte Paco gefragt. »Weil sie bezeugen, für wie dumm man uns hält und halten will, wenn wir schon einmal gelernt haben zu lesen, wenn überhaupt ... Selbst die Schriftsprache wenden sie noch gegen das Volk, missbrauchen sie zu unserer Verdummung. Was ist dagegen eine Kugel im Bein!? So was heilt aus.«

Jetzt erinnerte ich ihn an diese seine Worte vom Vortag

und sagte: »Damit hast du dir deine Frage selbst beantwortet – deine Frage, warum meine Landsleute sich um einen Führer scharen. Dabei meinen dieselben Leute, Dummheit schütze vor Strafe nicht ...«

***

Dirlewanger war für Stunden vergessen, als wir uns zum Nachtessen bei der Familie Mera eingefunden hatten, die eine Bodega nahe der Plaza Dos de Mayo betrieb. Bei Backhähnchen, gefüllt mit Zitronen, und einem kräftigen bernsteinfarbenen Wein, serviert von Pacos Schwester Yolanda, war in dieser unwiederbringlichen letzten Nacht, die wir in der Stadt verbrachten, vielmehr von der siegreichen Feldschlacht bei Guadalajara die Rede.

Eben zu Ende gegangen, in der letzten Märzdekade, bedeutete sie das Ende der fünfmonatigen Belagerung Madrids. Francos Panzeroffensive, eine Stiftung Mussolinis, war im Schlamm versackt, und an unserem Tisch klirrten die Gläser. Heller vielleicht als in jedem anderen Stadtviertel. Die Familie hatte noch niemanden verloren.

Indessen ahnte hier jeder: Für patriotische Trinksprüche bestand kein Grund. Wir mussten nur in Christopher Simpsons unbewegliches, knochiges Gesicht sehen, um Bescheid zu wissen; der unbeeindruckte Engländer lebte hier nicht von der Außenwelt abgeschnitten wie wir. Er traf Diplomaten und Korrespondenten, hielt die Augen und Ohren für uns offen, scheute auch die Begegnung mit angereisten kritischen Berühmtheiten wie Hemingway oder André Malraux nicht, der ihm anvertraut hatte: »Die Demokratien intervenieren gegen ungefähr alles, nur nicht gegen den Faschismus.« Und Hemingway habe dazu nur die mächtigen Schultern gehoben, traurig in sein Glas geblickt.

Wir saßen zu viert im hinteren Speiseraum der Bodega, einem schmalen, kahlen Zimmer, die Wände moosgrün gestrichen, um zwei zusammengerückte Tische. Niemand außer uns, nur Pacos Schwager schaute manchmal herein, füllte die Gläser, ohne ein Wort zu sagen, und verschwand darauf wieder.

»Sie haben noch Zweifel an unserem Sieg?«, wandte sich Yolanda verdutzt an Simpson, ihren Tischnachbarn, als erhoffte sie eine ermutigende Antwort.

Seine Antwort war es nicht: »Ich fürchte, es wird hier keine Sieger geben. Am Ende kann das Land nur verlieren, falls die großen Demokratien nicht helfend eingreifen. Das aber tun sie nicht, solange bestimmte Interessen vor, nein, über den schönen Ideologien stehen. Wir nennen das Realpolitik.«

»Am Ende nur Verlierer«, sagen Sie?

Einer unserer Minister in London hat wörtlich gesagt: »Was in Spanien passiert, ist alles in allem völlig egal.«

»Ich bitte Sie, das kann doch nicht sein!«

»Sagen Sie das nicht, meine Gute. Wird die Welt etwa nicht von Nihilisten und Ignoranten regiert? Solange eine Legion Condor nicht an ihren eigenen Küsten auftaucht – jede Wette, das steht uns noch bevor! –, ist ihnen eben alles völlig egal ... Diese Leute sitzen am bequemsten auf ihren Köpfen.«

»Wenn das so ist, hätten sie wirklich verdient, bald das gleiche Leid zu erfahren wie wir.«

»Yoli, versündige dich nicht!«, schimpfte Paco dazwischen. »Trinken wir lieber auf unsere mexikanischen Freunde, sie haben uns Gewehre und Patronen geschickt. Salud! Auf das arme, kleine, katholische Mexiko, das die großen Demokratien beschämt!«

Wir hoben die Gläser, doch Simpson nagte wieder an seinem Hühnerknochen. Eine kalte Wut schien ihn zu beherrschen, während er ungerührt fortfuhr: »Eure unschuldige Republik, Paco, ist auch erst mit dem Juli-Putsch erwacht, oder? Bis dahin, entschuldige, war eure Armee doch bloß eine Art pazifistische Anstalt, wie? Kein Beistandsabkommen mit irgendeinem Nachbarn, aber sechs Soldaten auf einen Offizier, neun Gläubige auf einen Priester, eine Masse Offiziere und Priester auf den Schultern von Tagelöhnern und Hungerleidern, finde ich, Kriegsmunition für einen einzigen Tag, und die obendrein in den Arsenalen reaktionärer Kadetten versteckt ... Das Problem ist, jetzt wird schon seit über zweihundert Tagen geschossen. Seltsam, nicht? Für das, was man einen Bürgerkrieg nennt ... Ist das noch Spaniens Krieg? Klar, ihr stellt die Kombattanten und die Bühne, sogar Franco kennt hier ein paar Leute, doch seid ihr noch die Kriegsherren? Oder nicht längst abhängig von fremden Diktaturen, Großmächten, die hier ihre Todfeindschaft einüben, weitab der eigenen Grenzen?«

Aufgestört und bedrückt vom bitteren Geschmack der Wahrheit schwiegen wir, bis Yolanda ausrief: »Bei meiner Mutter, welchen Brunnen haben wir uns gegraben!« – Pacos ältere Schwester, eine dralle, lebhafte Person, stand unter Tränen der Empörung und Verzweiflung, ohnmächtig gegenüber einem Geschehen, das sich der einfachsten Logik entzog: Die gewählte Regierung der Volksfront, unterstützt auch von Liberalen, erschüttert durch einen Gewaltstreich der Generäle, wurde aufgrund der ausdrücklichen Revolutionsfurcht Londoner Lordschaften in die Abhängigkeit von russischen Waffen getrieben ... folglich in eine Übermacht der Kommunisten vor Ort ... Wer konnte darin noch einen Sinn erkennen? War damit nicht der Weg von der Demokratie zur Diktatur in der einen oder anderen Form freigegeben?

»Wir sitzen in der Klemme«, seufzte die Frau, »und niemand holt uns da heraus, warum?«

»Europa«, sagte Simpson, »blickt heute nach Spanien wie in einen Spiegel – und erschrickt ... Unser Adel verschließt die Augen, als erinnerte sie das, was sie hier sehen, an ein Frankreich vor hundertfünfzig Jahren, an die Jakobiner und Sansculottes ... Und vielleicht erblicken Europas Konservative in diesem Spiegel sogar ihre eigene nächste Zukunft, wie gelähmt vor Schreck. Kurz, heute seid ihr Europas Bürgerschreck, ihr schlimmen kleinen Spanier – Rotspanier, wie sie euch nennen –, und in Francos Kamarilla möchten sie das kleinere Übel sehen, Hitler hier nicht in die Quere kommen, lieber treuherzig sein Spiel mitspielen, sich gut mit ihm stellen, um wenigstens die eigene Haut zu retten. Als hätten sie nie davon gehört, wie oft sich das eingebildete kleinere Übel als das allerschlimmste entpuppt ...«

Wir hatten genug gehört. Paco stand auf, wusch sich die Hände in einer Schale mit Zitronenwasser. »Ja, die eigene Haut retten«, wiederholte er, »das ist es! Das müssen wir jetzt alle tun, gleich morgen früh beginnen wir damit. Bis dahin gute Nacht!«

Wir stiegen eine Etage hinauf, wo seine Wohnung lag, seine Frau schon bei den Kindern schlief. Auf Zehenspitzen schlich ich zum Fenster, um es zu schließen, um den säuerlichen Geruch von Sprengstoff auszusperren. Doch waren keine Scheiben mehr da, bloß feuchtes Zeitungspapier im Rahmen. Für einen Moment sah ich den schwarzen, unermesslichen Himmel und hörte aus den fernen Bergschluchten über der Stadt das dumpfe Rollen von Kanonenschlägen. Unter dem Fenster legte ich mich schlafen. Eines der Kinder war aufgewacht und lachte mich an.

2.

Vor dem Büro der Militärpolizei stand um sieben Uhr früh ein kübelförmiger Geländewagen in Tarnfarben, ein Beutestück. Das deutsche Kennzeichen war abmontiert, lag unter dem Beifahrersitz neben einer russischen Maschinenpistole. Ein Wachsoldat saß darauf. Er stieg aus, als er uns kommen sah, und ich nahm den angewärmten Platz ein, Paco den Fahrersitz, Simpson die Hinterbank, auf seinen Knien ein umwickeltes Schnellfeuergewehr mit Zielfernrohr. Wir trugen den graublauen Overall der Milizen, in den Taschen unsere Passierscheine sowie zwei Sorten Pässe, die einen echt, die anderen zum Gebrauch hinter den feindlichen Linien. Im Fonds lagen ein Proviantsack und ein Kleidersack, darin Uniformen, die gefälscht waren wie ein Teil unserer Papiere.

Die Abwehr der Gegenseite verfuhr ebenso, wenn sie verdeckt auf republikanisches Gebiet vordrang, namentlich in die Reihen der ausländischen Flieger und der internationalen Infanteriebrigaden. Beide Seiten waren stark mit agents provocateurs durchsetzt, die republikanische Seite ungleich stärker, zumal der alte Madrider Militärgeheimdienst unter General Emilio Mola Vidal, dem eigentlichen Organisator des Juli-Putsches, jetzt von Burgos und Salamanca und Sevilla her gegen die Republik agierte, schon vor Juli '36 mit deutsch-italienischer Unterstützung.

Nicht Dirlewanger, der entwurzelte Desperado, war es, den wir fürchten mussten, der ließe sich im Handstreich packen. Auch nicht seinen Kommandeur, den eitlen, leicht zugänglichen Sperrle. Die Gefahren, die uns drohten, gingen immer von den Kugeln aus, die man weder sah noch hörte. Die kleinste Lücke im Madrider Sicherheitsnetz, die kleinste Auffälligkeit unsererseits, würde uns zum Verhängnis werden. Und bei diesem Gedanken griff ich nach einer langen Zeit wieder zur Zigarette, kaum waren wir in den neblig regnerischen Morgen hinausgefahren.

Erst Pinien, dann Platanen oder Pappeln beschirmten die Landstraßen, die wir nach Süden nahmen, manchmal vorbei an jungen Erdbeer- oder Spargelpflanzungen. Verdeck und Fenster geschlossen. El viento de la Sierra … der Wind von den Bergen löscht keine Kerze aus, tötet aber einen Mann, wie die alten Leute dieser Gegend sagten. Damit war annähernd auch die Besonderheit des Gegners beschrieben, unkenntlich bis zum letzten Moment, der uns vor die kriegsübliche Entscheidung stellen würde: du oder ich, leben oder sterben. In Simpsons Worten: Do it or die.

Ich war bereits vor zwei Jahren hierher gekommen, als noch Frieden war. Nach Santander im Norden, wo mich Verwandte aufgenommen hatten, Geschäftsleute, wie die meisten der zehn- oder fünfzehntausend Deutschen, die in jenem Jahr noch in Spanien tätig waren. Ich staunte nicht schlecht: Die Auslandsorganisation der Nationalsozialisten

hatte sich frühzeitig hier niedergelassen, Anfang der Drei-
ßigerjahre, zugleich mit dem Abgang der Monarchie. Bald
haben wir hier Zustände wie in der Weimarer Republik,
hieß es in den einschlägigen Kreisen, da muss etwas geschehen ... Ich zog mich damals in eine Hütte zurück, in
die grünen Berge mit Seeblick, und begann unter einem
anderen Namen zu leben. Und las endlich all die Bücher,
die ich schon immer lesen wollte.

Ich kam zur Ruhe. In Berlin wurde nach mir gefahndet.
Ich hatte vertrauliches Material, das mir amtlich zugänglich
war – polizeiliche Ermittlungsakten, die hochrangige Angehörige von Sicherheitsbehörden belasteten –, sagen wir,
über Dritte gegen sie benutzt und war schließlich als Quelle
von Geheimnisverrat in Verdacht geraten. Rechtzeitig von
einem Kollegen gewarnt, dem mein Auto gefiel, hatte ich
für den nächsten Schlafwagen zur Grenze gebucht. Besagte
Bücher im Koffer, Zahnbürste und Wechselwäsche. Meine
überstürzte Abreise kam einem Geständnis gleich.

Die fraglichen Dokumente betrafen Personen, an deren
Namen ich mich nicht erinnern will. Offiziere der Reichswehr vom Typ Dirlewanger, ausgewandert nach Südameri-
ka, von dort zum Aufbau der Wehrmacht nach Berlin zu-
rückgeholt. Nicht zuletzt ins Abwehramt Ausland, den Militärgeheimdienst des abenteuerlichen Admiral Canaris.

Meine Ruhe an der Costa Verde, meinem Rückzugsort,
war bald dahin. Freunde aus Madrid waren in die grünen
Berge über dem Meer heraufgekommen, im Sommer '35,
angenehme Besucher mit unangenehmen Nachrichten:
Canaris, so wussten sie, weilt just zu einem Zeitpunkt in
Madrid, da die faschistische Falange eben den gewaltsamen
Umsturz in Spanien beschlossen hat; in Anlehnung, versteht sich, an dieselbe Offiziersgruppe, die vor drei Jahren
ihren ersten Putsch versucht hat ... Die Falange allein,
selbst mit Hilfe der Generäle, hätte allerdings kaum eine
Chance ...

Ich erzählte meinen Freunden nichts Neues, als ich er-
wähnte, dass Primo de Rivera, el jefe de la Falange, im Vor-

jahr Gast bei Hitler gewesen war, dass in Berlin Kader der Falange ausgebildet wurden, dass Canaris schon den Vater Primo de Riveras, den einstigen Militärdiktator, persönlich gekannt hatte, dass der Admiral fließend Spanisch sprach. Vielleicht, so spekulierte ich, hatte das alles eine Rolle bei seiner kürzlichen Ernennung zum Spionagechef gespielt.

Ein halbes Jahr später, im folgenden Winter, sollten sich unsere Vermutungen verdichten: Die Parteien der Volksfront hatten eben die absolute Mehrheit gewonnen, einhundertsiebenundvierzig Sitze mehr als der Rechtsblock, als ich unerfreuliche Neuigkeiten aus Berlin erfuhr. Canaris und Sanjurjo, so hieß es, saßen dort mit den Direktoren der Deutschen Waffen- und Munitionsfabriken an einem Tisch ... General José Sanjurjo Sacanell aber, Anführer des gescheiterten Putsches von 1932, danach verurteilt und begnadigt, lebte längst im Exil von Lissabon. Vermutlich von seinen Ersparnissen. Blieb nur die Frage, ob sie für tausend Maschinengewehre ausreichen würden, plus eine Million Patronen. Wenn ja, so kam die Frage hinzu: Wie gelangte ein General zu solchem Reichtum!?

Aranjuez, eine Stunde südlich von Madrid, lag hinter uns, das frische Schlachtfeld unter den Olivenhügeln zwischen Jarama und Tajo, wir passierten jede Straßensperre und kamen schnell voran. Tiefhängende Regenwolken waren mit uns gegen mögliche Fliegerangriffe verbündet, und nach dem gegnerischen Desaster von Guadalajara schienen weitere Truppenbewegungen entlang des Frontbogens zwischen Toledo und Córdoba, der die Armeen im Süden trennte, vorerst hinfällig. Andalusien befand sich im Sitzkrieg.

Es blieb trüb und die Sonne verborgen – manchmal bis zum »vierzigsten Mai«, wie Paco bemerkte. Er ließ sich von Simpson am Steuer ablösen, um sein schmerzendes Bein zu entlasten. Paco allein kannte die Gegenden, die wir an diesem Morgen durchfuhren, hinauf in die weite, kahle Meseta, gesäumt von einer fernen Hügelkette, auf und ab unter ockerfarbenen Dünen, und wieder über eine Ebene entlang der grünenden Mancha, an einem Meer von Weinstöcken, Weizenfeldern und vorbei an den letzten alten kastilischen Windmühlen, überragt von einer Burgruine aus maurischer Zeit.

Simpson und ich waren übernächtigt, ermüdet durch die Monotonie der Landschaft, nur der Fahrtwind, der Kaffee und Pacos Ansprachen hielten uns wach. Diese Region, meinte er, sei »Don Quijotes Hoheitsgebiet« und folglich den Soldaten der Republik vorbehalten, geheiligte Erde. Nicht einmal die Internationalen Brigaden würden hier eingesetzt, nur wir, Simpson und ich, hätten die Ehre ... dank Dirlewanger, dem Hurensohn! Ein Aberwitz. (Sogleich verbesserte er sich, erinnerte sich an unsere Absprache, wonach der Klarname des Gesuchten unausgesprochen bleiben sollte, ersetzt durch »der Doktor«.)

Simpson hatte aufgehorcht und beantwortete den Ehrerweis mit einem Vers des Cervantes:

Leben such ich in dem Tod,
Heilung in des Siechtums Grausen,
Ausgang in verschlossnen Klausen,
Freiheit in des Kerkers Not;
Treue, wo Verrat nun wohnt.

Und Freund Paco setzte leise singend nach:

Zum Krieg hat mich befohlen
Not, die Eisen bricht,
Und hätt ich Gold im Beutel,
Ich tät's beileibe nicht.

Vor Valdepeñas, auf halber Strecke nach Córdoba, hielten wir in der Einöde von Weinfeldern, scheinbar von der Welt vergessen, aßen unsere Sandwiches, tranken Bier und schliefen abwechselnd. Unser Engländer, der lange genug gefahren war, zuerst. Im Ton einer Verwünschung wies Paco auf einen fernen Hügel hin: »Dort oben lagen sie verschanzt – und wollten uns nicht nur den Weg abschneiden ... Nachts haben wir sie eingekreist, viele campesinos in unseren Reihen mit Sicheln und Feldhacken, Schrotflinten ... Danach wollten sie beichten, doch da war kein Priester mehr weit und breit ... nur Leichen in ihren Lumpen, Francos Gotteskrieger, die armen moros aus den Kolonien. Der Krieg, Alberto, ist die Mutter aller Lügen, der Vater aller übrigen Sünden. Das Dumme ist, wir müssen ihn geschehen lassen, wieder und wieder. Als wären wir dazu verurteilt, als hingen wir nicht an unserem bisschen Leben. Gerade deshalb aber wehren wir uns doch! Es ist ein Kreuz damit.«

Er hielt mich wach, erzählte mir vom Eilmarsch der Kolonne Miaja in den Wochen nach dem Aufstand der Kasernen von Madrid über Albacete und Valdepeñas auf Córdoba, hinauf in die Sierra Morena, wo in tausend Metern Höhe jener andalusische Grenzpass verlief, der, Kriegstheater seit Jahrhunderten, zur Sicherung der Südflanke Madrids eingenommen werden sollte, ein Straßentunnel unter dem Felshang. Paco, der dabei gewesen war, erinnerte sich an einen »Marsch zwei Meter neben der Sonne«, im Vergleich dazu sei »die Sahara des Madrider Sommers« eine Erfrischung. Von einer Hitze sprach er, die Engel schwitzen ließe. Noch eiliger als zuvor waren sie in die Flusstäler des Guadalquivir abgetaucht.

»Die beichten wollten«, sagte Paco, »aber nicht beichten konnten, haben sich im Fluss wenigstens die Hände gewaschen ...«

Die Gnadenlosigkeit herrschte nicht weniger auf der anderen Seite, obgleich es dort Feldgeistliche gab. Ich wusste, dass Oberst Warlimont, Beauftragter der Wehrmacht bei Franco, dessen Kampfführung als »außerordentlich blutig und grausam« beschrieben hatte. Aus zwei von drei (zensierten) deutschen Feldpostbriefen, die abgefangen wurden, klang stummes Entsetzen, die Scham unfreiwilliger Söldner. Ihr Fall lag anders als Dirlewangers, der im Krieg wie im Frieden bloß ein obszöner Krimineller war.

***

Der gesuchte Oberleutnant trug jetzt die khakifarbene Wehrmachtsuniform der Legion Condor und war nach Erkenntnissen der Madrider Aufklärung zunächst im Ausbildungslager für Minenwerfer bei Córdoba eingesetzt. Und bildete er nicht das niedrigste, moralisch schwächste Glied einer Befehlskette, die über den landsmannschaftlich gesinnten, für Nebenverdienste offenen Kommandeur Sperrle bis ins Oberkommando reichte, bis zu Canaris und Göring? Dirlewanger öffentlich festzunageln, hieße das nicht, die gesamte Hierarchie zu beschädigen? Womöglich das ganze Geheimunternehmen »Feuerzauber«? Von Goebbels' Presse abgestritten ...

Natürlich mussten wir annehmen, dass bei unserer Entführungsaktion, was die Planung betraf, die Hand Moskaus im Spiel war. Seit der Ankunft von Verbänden russischer Flieger, fast ein Vierteljahr nach den ersten deutschen, war zugleich ihr Militärgeheimdienst zur Stelle, Botschafter Marcel Rosenberg unterstellt. »Ein glücklicher Mensch spioniert nicht«, soll er einmal unter spanischen Vertrauten gesagt haben, hinter vorgehaltener Hand im Hinblick auf höhere Militärs, die ihm wichtige Informationen aus Berliner Dienststellen zuspielten. Gemeint waren offenbar Görings Luftfahrtministerium und Canaris' Abwehramt, wie ich mir zusammenreimen konnte. Im Abwehramt etwa gab es nicht nur einen Abteilungsleiter, Majore der vormaligen Reichswehr, die über Canaris' Bevorzugung durch Hitler und Himmler keineswegs »glücklich« waren, geschweige denn über dessen nostalgische Schwärmerei für die Putschisten hinter den Pyrenäen.

Das alles blieb nicht ohne schlimme Folgen. Immer wieder wurden V-Männer in den deutschen Bataillonen der Internationalen Brigaden enttarnt und hingerichtet, wurden richtige oder falsche Verdächtigungen in Umlauf gesetzt, Misstrauen geschürt, wo Vertrauen überlebenswichtig war. Und immer wieder wurde uns Canaris' alias Guillermos Anreise, sein Eintreffen in Salamanca, im Voraus gemeldet, diesmal für die nächsten Tage im April. Es sollte schon seine dritte Reise in den Krieg in acht Monaten werden, und jedes Mal fand er hier ein bekanntes Gesicht weniger. General Sanjurjo war beim Abflug in den Juli-Putsch mit seinem Flugzeug explodiert. Primo de Rivera, der Falange-Führer, war verhaftet und zum Tod verurteilt worden. Franco – »El Suplente«, wie Paco spottete – ersetzte nun die prominenten Toten als Matador einer Corrida, in die täglich ganz unfeierlich Menschen getrieben wurden, und erwehrte sich auf seine Weise geistig anspruchsvollerer Mitstreiter, namentlich General Molas, eines Schlachtenlenkers mit Brillengläsern dick wie Flaschenböden. Wie Sanjurjo hatte auch Mola zu Canaris' frühzeitigen Kunden bei Berliner Waffengeschäften gezählt. (Bald sollte auch er tödlich verunglücken.)

»Die Kronzeugen der Vorgeschichte des Putsches lebten offenbar gefährlich, nicht zuletzt im eigenen Lager«, meinte Simpson und fragte: »Aus welchem Stall kommt eigentlich Don Guillermo?«

»Wilhelm Franz Canaris, Millionärssohn aus dem Rheinstahl-Milieu, folgt 1905 dem Ruf des Kaisers: ›Unsere Zukunft liegt auf dem Wasser!‹, gehört fortan zur Elite der Kieler Kadetten und bald als Adjutant zur Blockadeflotte vor Caracas, wo es einen eigenwilligen Staatschef namens Castro zu stürzen gilt, anno 1909. Nach dieser ersten Lektion in Kanonenboot-Diplomatie zum Oberleutnant befördert, geht es ostwärts ins Mittelmeer zur Küstensicherung beim Bau der Bagdadbahn, von dort einen Sprung zurück, diesmal in den Golf von Mexiko zum Schutz kaiserlicher Interessen im dortigen Bürgerkrieg, zur Evakuierung des gestürzten Diktators Huerta. Danach von der Weltpolitik in den Weltkrieg, in die Seeschlacht um die Falklandinseln vor Argentinien.

Canaris ist achtundzwanzig Jahre jung, als er nach dem Verlust seines Kreuzers ›Dresden‹ in Chile interniert wird – ein kleines, dürres, melancholisches Männlein, dem mit den üblichen Hilfsmitteln über ein Netz ziviler Stützpunkte die Flucht heim ins Kaiserreich gelingt, in zwei

Monaten um die halbe Welt, malariakrank. Aufstieg zum Kapitänleutnant beim geheimen Nachrichtendienst und Einsatz in der ›Etappe Madrid‹ zur Versorgung deutscher U-Boote vor der spanischen Mittelmeerküste, neutralem Gebiet. Haft in Genua und Flucht, belohnt mit dem Eisernen Kreuz 1. Klasse, darauf U-Boot-Kommandant im Handelskrieg vor Algerien, schließlich Fahrt in die Niederlage an der Heimatfront, in den Matrosenaufstand von Kiel Ende 1918, ›Schlachtfeld der Entehrung‹ ... Republikanische Revolution.«

An dieser Bruchstelle schien es mir sinnvoll, Simpson auf den denkwürdigen Ausspruch eines Vorgesetzten von Canaris, Kapitän zur See Persius, hinzuweisen; bestimmte er doch das weitere Handeln unseres Helden: »Im Kameradenkreis vergisst man rasch, verzeiht Raub, Diebstahl, Betrug. Man vergisst aber nie, verzeiht nie politische Betätigung, die den eigenen Interessen zuwiderläuft.«

»In der Tat, ein vielversprechendes Bekenntnis!«, bemerkte der Engländer ungerührt – und wollte mehr hören ... Immerhin war damit ein Bogen geschlagen zu jenem unversöhnlichen, verhärteten Korpsgeist, der seinerzeit auch den jungen Leutnant Dirlewanger erfasst hatte, verbunden mit einer bedenkenlosen kriminellen Energie. Ich fuhr fort:

»Als Adjutant eines Minister Noske gelingt es Canaris, den ungestillten Kampfgeist der Marineelite in Freikorps zu bündeln, in hochgerüstete Brigaden außerhalb der legalen Reichswehr, um den Furor vom überlegenen äußeren demokratischen Feind auf den inneren zu richten. Ausgehend von Berlin, erlebt das Land 1919 eine wahre Menschenjagd, gezielt auf die Anhänger aller Linksparteien und Gewerkschaften, Canaris persönlich organisiert bis nach Bayern die Ausschaltung der Revolutionsführer, darunter Liebknecht und Luxemburg, und gehört im März 1920 zu den Hintermännern eines Putschversuches der Marinebrigaden in Berlin – übrigens unter Beteiligung des Fliegerkommandeurs Hugo Sperrle ... Canaris, wiederholt in Untersuchungshaft, wird nach Kiel zur Ostseeflotte abgeschoben, betreibt dort die Aufrüstung einer schwarzen Reichsmarine, Waffenschiebungen aus versteckten Lagern sowie die Finanzierung und Bewaffnung der ›Organisation Consul‹, einer Feme, hervorgegangen aus der Brigade Ehrhardt, die Attentate auf die Reichsminister Erzberger, Rathenau und Stresemann ausführt und in München Hitlers SA aufbaut. Erneut unter Verdacht, wird Canaris Monate vor dem Münchner NS-Aufstand auf ein Schulschiff versetzt, das Kurs nach Spanien nimmt …«

Simpson, der von diesen Dingen bis dahin nicht viel wusste, fragte nun, wie so viel »blinde Verschwörungswut« zu erklären sei, und ich antwortete ihm: »Vielleicht eine Frage der elitären Absonderung von Jugend an – Millionärshaushalt, Privatschule, Kadettenanstalt, Kommandobrücke auf fernen Weltmeeren und dergleichen. Eine Welt für sich, wo nach eigenem Gesetz über Leben und Tod des politischen Gegners verfahren wurde, jedes derartige Verbrechen im Voraus begnadigt.«

»Nach dem Grundsatz«, warf Paco ein, »verachte deinen Nächsten wie dich selbst – den Tod geben und nehmen.«

Ich stimmte Paco zu: »In ihrem engen, hermetischen Zirkel war es Canaris und seinesgleichen unmöglich, einen entscheidenden Faktor wahrzunehmen – die Rückwirkungen eines überlangen, verlustreichen Krieges im Westen auf die Gesellschaft im eigenen Land. Die Ausrufung der Republik und des Friedens traf sie, abgeschnitten vom kriegsmüden Heer, so unvorbereitet und heftig wie die berühmte Kugel, die man nicht kommen sieht. Für sie konnte nicht sein, was nicht sein durfte. Das mag ihre jahrelangen Verschwörungen, Revolten, Gemetzel und Attentate im Ansatz erklären, Simpson.«

Er sagte: »Zu einem bestimmten Zeitpunkt aber war Schluss damit, warum?«

»Weil sie sich am Ende«, antwortete ich ihm, »auch in der Reichswehr isoliert sahen, also umlernen mussten; das hieß: Ein Staatsstreich, die Errichtung eines Militärstaates, war ohne jeden Rückhalt in der Bevölkerung ausgeschlossen – dazu bedurfte es der Hilfsdienste einer militanten Massenpartei, nicht wahr?«

»Genau das ist Francos Problem in Spanien, meinte Paco. Erst kam der Putsch, danach der Parteiaufbau, und das mitten im Krieg ... Canaris muss ihn schlecht beraten haben, der ist sich treu geblieben.«

3.

Aus den Wolken der Sierra rollten wir hinab ins andalusische Hügelland, das, durchzogen von grünen Flusstälern, unter uns lag. Nach den düsteren Bergwänden wirkte der Ausblick auch im Regen etwas heiterer, und nach der einsamen Höhenfahrt herrschte auf der Straße wieder Betrieb. Eseltreiber, Ochsenkarren und Militärfahrzeuge begleiteten uns bis zum Straßenkreuz von Bailén, verbarrikadiert und befestigt mit Felsbrocken, Eisenträgern und Stacheldraht zum Schutz vor Angriffen auf Madrid und Valencia. Nur einen Tagesmarsch zu Fuß entfernt verlief die Südfront bei Montoro, unserem Zielort, und einen weiteren Tagesmarsch dahinter lag Córdoba.

Auf dem Weg durch Spaliere von Olivenbäumen und Baumwollbüschen, über den Ufern des Guadalquivir gelegen, erreichten wir die Festung von Montoro in der Abenddämmerung, die letzte republikanische Garnison vor einem Streifen Niemandsland. Ein altiberisches Städtchen, das jetzt einen Soldaten auf zwei Einwohner zählte. Es lag in tiefer Stille, von Haus zu Haus stand das Nachtessen auf dem Herd. Eine Rauchfahne von Speck, Erbsen und Knoblauch durchzog die schmalen Gassen, vermischt mit Tabakqualm.

Der Kommandant der Festung – ein winziger, drahtiger, quirliger Hauptmann – ließ uns mit Pökelfleisch und Bier bewirten, ließ uns aber kaum zur Ruhe kommen, fragte Paco nach der Stimmung in Madrid, den armen Simpson nach britischen Waffen ... und mich nach den Geheimnissen der Legion Condor. Unsere Antworten fielen verhalten aus, und ein Paar überraschter Augen musterte uns. Paco und der Hauptmann kannten sich seit dem Sommerfeldzug im vergangenen Jahr, seitdem wurde der Vorposten von Montoro gehalten. Unser Gastgeber hatte nicht die Seiten gewechselt wie zwölf- von vierzehntausend seiner Offizierskollegen. Doch waren diese Massen von Überläufern wirklich ein Schaden für die Republik?

Ein Stellvertreter Sperrles bei der Legion Condor, Oberst Jaenecke, war nicht dieser Ansicht. Sein Urteil über die eigenen Verbündeten war geradezu vernichtend: »Die Masse der spanischen Offiziere ist faul, dumm, unbelehrbar und überheblich. Der Begriff der Fürsorge ist ihnen wesensfremd. Sie stehen beim Aufbau geradezu störend im Wege, und man kann im Interesse der Sache nur bedauern, dass nicht noch mehr von diesen Drohnen beseitigt worden sind.«

Dieses Urteil war kein Einzelfall. Dagegen lobten derselbe LC-Oberst und andere die einfachen Soldaten, besonders »die hervorragende, heldenhafte Kampfesführung der Rotspanier«.

»So viel zu den Geheimnissen des Gegners«, sagte ich auf die Frage des Hauptmannes, nachdem ich ihm ein paar kurze Texte aus meiner Handakte übersetzt hatte, Material unserer Nachrichtendienste.

»... im Interesse der Sache«, wiederholte er verdutzt die entscheidende, die Bruchstelle des vorgelesenen Textes. »Welcher Sache denn?«, rief er aus. »Welche Geistesverwirrung! Weiß dieser Oberst wirklich nicht, dass er hier nichts anderes als die Interessen eben jener ›spanischen Drohnen‹ zu verteidigen hat? Nicht die Fürsorge des kleinen Fußsoldaten in seinen Bastschuhen. Da haben wir die ganze Logik der Nationalsozialisten! Und eines Militaristen – betriebsblind gleich farbenblind.«

***

Nach dem Essen, bei Kaffee und Brandy, besprachen wir unseren Auftrag in Córdoba. Der Hauptmann las zunächst die Personalangaben zu Dirlewanger:

Dossier Oskar D., operativ »der Doktor«: »Geb. 26.9.1895 Würzburg, Eltern unbekannt (Waise?). Nach Abitur 1913 Freiwilliger im 8. württembergischen Infanterie-Regiment unter Leutnant Sperrle. Im Weltkrieg Einsatz in Belgien und Frankreich, speziell gegen ›Freischärler‹, mehrfach ausgezeichnet, zuletzt Leutnant. Ab 1919 zwei Jahre Offizier in Freikorps, erste Gefängnisstrafen wegen Waffenschiebungen; anfangs in Württemberg, danach im Ruhrkampf (infolge des Berliner Militärputsches) in der Sturmabteilung Marinebrigade I respektive Schützenbrigade Ritter von Epp (heute General der Wehrmacht). Dazu ein Urteil des sozialdemokratischen Reichskommissars Severing, Oberbefehlshaber der Ordnungskräfte: »Was wussten die Truppen (der Freikorpsführer) von der gerechten Notwehr fleißiger Arbeiter gegen militärische Eidbrecher? Für sie war jeder Arbeiter, der gegen sie aufgestanden war, ein Bolschewist, den zu quälen oder zu erledigen so manchem als vaterländische Tat erschien.«

Zur Taktik des Terrors der Tätigkeitsbericht des Oberjägers Zeller, eines Studenten: »Pardon gibt es überhaupt nicht. Selbst die Verwundeten erschießen wir noch. Die Begeisterung ist großartig, fast unglaublich. Unser Bataillon hat zwei Tote. Die Roten zweihundert bis dreihundert. Alles, was uns in die Hände kommt, wird zuerst mit dem Gewehrkolben abgefertigt und dann mit einer Kugel. Auch zehn Rote-Kreuz-Schwestern haben wir sofort erschossen … Gegen die Franzosen waren wir im Feld viel humaner … In den Wirtschaften werden wir bis dreißig Mann freigehalten. Die Bevölkerung gibt uns alles.«

»Natürlich freiwillig«, bemerkte unser Hauptmann. Wir schwiegen, und er las weiter:

1921 Panzerzugeinsatz gegen den bewaffneten Generalstreik im Industriegebiet um Halle/Saale, anschließend in Oberschlesien unter Kapitänleutnant Freiherr von Killinger (Leitungsmitglied der Organisation Consul, heute Gesandter im Auswärtigen Amt). In diesen Jahren zugleich Volkswirtschaftsstudium in Mannheim, dort wegen »antisemitischer Hetze« ausgeschlossen, promoviert D. 1922 in Frankfurt/Main zum Dr. rer. pol. und wird Mitglied der NSDAP, Sturmbannführer der SA, Bankangestellter, kaufmännischer Leiter einer Erfurter Strickwarenfabrik, dort wegen Unterschlagung entlassen, und darauf selbständiger Steuerberater in Esslingen. 1932 nach SA-Angriff auf das Gewerkschaftshaus wegen Landfriedensbruch in Stuttgart vor Gericht. Zeitgleich Hitlers Regierungsantritt, worauf Dr. D. zum Stellvertretenden Direktor beim Arbeitsamt Heilbronn aufsteigt. Dort 1934 wegen Verführung einer abhängigen Minderjährigen zu zweijähriger Zuchthausstrafe verurteilt, danach kurzzeitig Schutzhaftlager, Freilassung durch befreundeten SS-General Berger. Abreise zur »Bewährung« nach Spanien.

Bewährung durch freiwilligen Kriegseinsatz, dachte ich, wieder einmal – von Jugend an. Dirlewanger hatte nichts ausgelassen – Reichswehr, Freikorps, SA, spanische Fremdenlegion, Legion Condor der Wehrmacht. Hier durfte der Zuchthäusler in sein Element zurückkehren, seine Bewährung als eine Belohnung erleben. Als Söldner im Kampf gegen ein »jüdisch-bolschewistisches Regime« auf fremdem Boden. Hirngespinst! Der ideologische Vorwand eines Feiglings, tapfer bloß kraft der Truppe, für seinen wilden Sadismus, wie mir schien.

Der spanische Hauptmann warf die Papiere auf den Tisch, die Augen verkniffen, enthielt sich jedoch eines Urteils. Fragte stattdessen: »Wie wollt ihr diesen Mann fassen? Glaubt ihr wirklich, der ließe sich gefangen nehmen? Der weiß doch genau, dass er für einen Gefangenenaustausch nicht in Frage käme ... Schon das Rote Kreuz würde abwinken, zu schweigen von Sperrles Legion – der General würde ihn einfach verleugnen. Dirlewanger ...«

»Der Doktor«, verbesserte Paco.

»... ist die Schande der Wehrmacht. Nicht einmal

die Nazis würden ihn zurückhaben wollen, das weiß er – also ...?«

»Tot oder lebendig«, erwiderte Simpson, »wo wäre der Unterschied? Der Weltpresse käme er auch im Madrider Leichenschauhaus gelegen, wetten?« Paco widersprach. »Nein, wir sollten ihn unbedingt lebend in die Finger kriegen. Tot, das wäre zu einfach. Ihn umzubringen würde ihn nicht besser machen.«

»Also braucht ihr einen Lockvogel«, sagte der Hauptmann. »Kennt ihr einen, ich meine, habt ihr einen in Córdoba? Un reclamo?«

»Nur zwei, drei unserer V-Männer, die uns dort helfen könnten. Nicht gerade das, was einen Lockvogel ausmacht – wüssten Sie etwas Geeigneteres, capitán?«

Pacos Andeutung schien dem Hauptmann zu missfallen: »Besser, wir lassen die Frauen bei dieser Sache aus dem Spiel, sonst wird nur ein Roman daraus.«

»Und warum nicht?«, entgegnete Simpson lächelnd. »Die Wahrheit gibt es nur im Roman, oder?«

»Qué va, hombre! Nur im Krieg. Kein ordentliches Gericht hat jemals soviel Lügen aufgedeckt wie ein Krieg.«

Simpson lächelte nicht mehr. »Da mag etwas dran sein.«

Wir waren vom Thema abgekommen, und ich machte einen anderen Vorschlag. Schon in Madrid hatte ich darüber nachgedacht, Dirlewanger durch eine List auf republikanisches Gebiet zu locken. In eines der Dörfer vor der Front von Córdoba, einst von deutschen Einwanderern gegründet – württembergisches Bauernvolk, das unter dem Druck einer feudalen Abgabenlast vor Generationen buchstäblich über alle Berge gegangen war, später auch schwäbische Bauernsöhne, die regimentweise verkauft worden waren. Vorfahren Dirlewangers und Sperrles ... Noch heute hörte man in diesen andalusischen Dörfern ganz ähnliche Familiennamen, hörte dort sogar vom »Don Carlos« eines gewissen Friedrich Schiller, seinerzeit ebenfalls ein Flüchtling aus dem Schwabenland.

»Nutzen wir den nostalgischen Faktor!«, schlug ich vor. »Ködern wir den Doktor mit einer Intrige! Flüstern wir ihm, er sei als Ehrengast in ein altes Schwabendorf geladen, wo die örtliche Falange Hitlers Geburtstag feiere ... Eine attraktive Falle, denke ich. Eine hübsche Falle.«

Der spanische Hauptmann streifte mich mit einem dunklen, traurigen Blick, als wollte er fragen: Ist das vielleicht ein Stück von eurem Schiller? Tatsächlich sagte er: »Nonsens! Einen professionellen Killer können Sie nur mit seinen eigenen Waffen schlagen, nicht mit romantischen Räuberpistolen. Ich hoffe, Sie besitzen wenigstens eine schusssichere Weste. Verwechseln Sie Ihren Mann nicht mit einem beliebigen Soldaten! Nur weil er Uniform trägt, das tut so mancher.«

Offenbar war ich an diesen Gedanken noch nicht richtig gewöhnt, und auch Simpsons Miene schien zu sagen: Vergiss den schönen Schwaben! Lies nach bei Shakespeare!

Der Hauptmann bot uns schließlich den Begleitschutz durch einen Militärpolizisten an, der ein »hartleibiger Kriegshund« sei. Wir nahmen an. Der Bursche nannte sich Ràmon – mehr brauchten wir nicht zu wissen, hieß es. Außer dass er in Córdoba »jedes Hinterzimmer, jeden Schleichweg« kenne. Das beruhigte unsere Nerven, obschon so viel Ortskenntnis zweifelhaft war.

***

Unsere Feldbetten standen in einem Zelt, das Zelt im Innenhof der maurischen Burgruine, Fragmente in Erdfarben, verdunkelt vom anhaltenden Regen in der mondlosen Nacht. (Eine zerstörte Festung, sagte man uns, ließe sich wirksamer verteidigen als ein unversehrtes Gebäude.) Wir hockten auf unseren Betten, Simpson und ich, Paco hatte sich mit dem Neuen, unserem vierten Mann, draußen in einen Winkel zurückgezogen, um ihm »auf den Zahn zu fühlen«. Paco war ein vorsichtiger Mensch.

Christopher Simpson, ein Vertrauensmann des NIC,

des Londoner Non-Intervention Committee für Spanien, nutzte jetzt die Gelegenheit, seine Zweifel an unserem geplanten Vorgehen auszusprechen – für mich nicht unerwartet. Grundsätzlich, so begann er, stehe er hinter der Aktion gegen Dirlewanger zur Bloßstellung der Legion Condor; deren Einsatz bedeute einen Bruch des Völkerrechts und entlarve damit auch die »diplomatische Doppelbödigkeit« des Londoner Komitees; denn praktisch stelle es die rechtmäßige, demokratisch legitimierte Madrider Regierung mit den Putschisten, Hoch- und Landesverrätern, auf eine Stufe. Und alle Welt wisse, dass die Diktaturen in Berlin, Rom und Lissabon als Mitglieder des NIC dessen Embargo-Bestimmungen massiv unterlaufen ...

»Gut«, sagte ich, »doch zurück zu unserem Unternehmen!«

»Das alles«, sagte er, »ist kein Grund, Stalin in die Hände zu arbeiten. Und damit letzten Endes auch Hitler.«

»Wie das?«

»Wer garantiert uns, Albert, dass, falls uns Dirlewangers Überstellung nach Madrid gelingt, die Russen dort nicht für einen gewaltigen Propagandaprozess sorgen? Etwa nach Moskauer Muster ... Doktor Gebell, Goebbels meine ich, wäre darüber entzückt: Da haben wir einen schlagenden Beweis, würde er verkünden, für ›die Bolschewisierung Spaniens‹. Und folglich keinen Grund, Franco unsere Hilfe zu versagen. Das NIC würde endgültig zur Farce, meine Rolle dabei fragwürdig.«

»Die Gefahr besteht«, gab ich zu. »Das Dilemma ist da, das sehe ich. Nur, Madrid ist nicht frei in der Wahl seiner Partner, wie wir wissen, und ein Goebbels lügt auch ohne Anlass.«

Ich nahm eine Zigarette, die er mir anbot. Insgeheim wunderte ich mich: Warum kamen seine Bedenken so spät? Gewiss, als Vertrauensmann des Nichteinmischungskomitees war er zur Neutralität verpflichtet, zumindest nach außen. Seine Teilnahme an der Festnahme Dirlewangers durfte ebenso wenig bekannt werden wie der mögliche Fehltritt eines Rotkreuz-Vertreters. Er stand vor einer

Grenzüberschreitung – und fühlte sich plötzlich gehemmt. War seine Motivation im Moment des Vollzugs nicht stark genug? Doch hatte er nicht oft genug erkennen lassen, wie alles in ihm gegen die Doppelmoral der amtlichen Nichteinmischung revoltierte? Gegen den Zynismus, den Diktaturen, den zuschlagenden Mächten das Feld im unglücklichen Spanien zu überlassen. Ohne Gesetz und Gewissen. Es war klar, Simpson wollte nicht mitschuldig sein, und dennoch ...

»Gewaltanwendung, Schauprozess!«, rief er unvermittelt in unser Schweigen. »Gibt es keinen anderen Weg?«

»Woran denken Sie, Chris?«

»Dirlewanger befindet sich in einer üblen Lage – ließe sich das nicht ausnutzen? Der Mann ist Abschaum. Wer würde ihm eine Träne nachweinen, wenn er hier fiele? Von den Ehrenmännern der Wehrmacht hätte er keinen Orden zu erwarten, falls er lebend nach Hause käme, das weiß er selbst am besten. Ein Kinderschänder, womöglich Geisel- und Gefangenenmörder. Ein hoffnungsloser Fall, gelinde gesagt. Was meinen Sie, ob ihn das nicht, sagen wir, empfänglich für vertrauliche Zuwendungen macht? Damit könnte er sich hier absetzen – gegen Hinterlassung seiner Legionärsdienstmarke, versteht sich, und einer entsprechenden schriftlichen Erklärung ... Wäre uns damit weniger gedient als mit einem öffentlichen Spektakel in Madrid?«

Ich besaß nicht genügend Phantasie, abgesehen von finanziellen Fähigkeiten, mir eine solche Lösung in der Praxis vorzustellen (Simpson konnte vermutlich auf die Kassen des Komitees zurückgreifen). Indes, gegen meine Überzeugung stimmte ich ihm zu; alles andere mochte seine Bedenken nur verstärken. Dabei war seine Hilfe unverzichtbar.

Zuhause stand Dirlewanger immerhin noch ein einziger Aufstieg offen, der seiner bisherigen Laufbahn, seinem Wesen oder Unwesen, konsequent entsprechen würde – bei der SS, dem Totenkopforden. Fraglich war, ob er dieser Aussicht entsagen würde (nicht, ob er käuflich war). Immerhin ein Fanatiker der ersten Stunde, ein unbeirrter »Alter Kämpfer« unter Protektion hoher Dienstgrade. Sein frühes Gottvertrauen aufs Bajonett, gebrochen unter dem entlassenen Kriegskaiser, hatte schließlich immer neue Formen angenommen. Das Bajonett war ihm vertraut geblieben, nur bald vom Hakenkreuz gezeichnet – gesucht, gefunden.

Nur eine dieser blutigen Karrieren, die sich in den bilanzierenden Worten des Admiral Canaris widerspiegelten: »Wie der Offizier vor dem Weltkrieg selbstverständlich Monarchist war, wie er nach dem Weltkrieg sich selbstverständlich darum bemühte, das Erbe des Fronterlebnisses zu bewahren, so selbstverständlich ist es heute, wo unser aller Fronterlebnis seine Verwirklichung im nationalsozialistischen Staat fand, Nationalsozialist zu sein. Und wir sind als Soldaten glücklich, uns zu seiner politischen Weltanschauung bekennen zu dürfen, die zutiefst soldatisch ist.«

Versprach der deutliche Hinweis auf erste Weltkriegserfahrungen nicht deren künftige Fortsetzung, ausgehend von spanischen »Fronterlebnissen«? Und sollte Dr. Dirlewanger diese Soldatenansprache, die Botschaft, die sie enthielt, etwa nicht begriffen haben? – Fragen, die ich für mich behielt, Simpson ersparen wollte. Ohne weitere Aussprache legte ich mich auf mein Feldbett, rollte mich in einen wollenen Militärmantel und schlief über diesen Fragen ein, umschlossen vom Geräusch des Regens.

4.

Wir liefen und liefen, eingehüllt in Pellerinen mit großen Kapuzen, und Paco, der als Letzter hinter mir ging, summte ein endloses Lied, manchmal von einem halblauten Zuruf unterbrochen, der seinem Maultier galt, sobald es am Zügel zerrte. Wir gingen zu fünft einer nach dem anderen, jeder ein Maultier an der Hand, bis auf den alten Ziegenhirten an der Spitze, der uns über abgelegene, steinige Bergpfade führte, die Frontlinie des Flusstals unter uns. Zweihundert Meter tiefer rauschte der Guadalquivir, angetrieben von aufgelösten Schneemassen der Sierra Nevada, abwärts zur Lichtküste.

Die Carretera Nr. IV, die Straße nach Córdoba, war hinter Montoro gesprengt und von Aufklärungsfliegern überwacht. Versteckt unter Bauernkleidern, wollten wir die Stadt in zwei bis drei Tagen nordwestlich umgehen. Die bergige Gegend war kaum besiedelt, nur irgendwo Einsiedeleien oder ein Kloster, umgeben von Pflanzungen der Hochebenen. Hier gab es weder Brücken noch Fähren, am Gegenufer nur hin und wieder einen hölzernen Wachtturm, postiert auf einem Hügel, erkennbar im Fernglas. Die Front lag hier erstarrt, scheinbar vergessen nach den Kämpfen im ersten Sommer des Krieges, als hielte sie einen langen Winterschlaf.

Die Garnisonen von Córdoba, Granada und Sevilla waren damals unter Einsatz marokkanischer Kolonialtruppen in die Hände der Putschisten gefallen. Es war beim Straßen- und Häuserkampf von Fußsoldaten geblieben – ein Krieg in letzter Konsequenz, Kanonen und Fliegerbomben mussten vor diesen heiligen Städten zurückschrecken, vor der Mezquita, dem Alcázar, der Alhambra, der Kathedrale Santa Maria, vor dem Giralda: das Gedächtnis eines alten Landes in Stein und Mosaiken, schwarzem Marmor und Gold. Die Piloten der Republik besaßen ohnehin Order, Wohngebiete auszusparen.

Im Schutz von Kastanien und Eichen schlugen wir uns einen Weg durchs Gestrüpp entlang der Berghänge über der Schlucht, verborgen hinter nebligen Regenvorhängen. Bloße Schattenwesen unter den Augen feindlicher Wachtposten, die uns weder anriefen noch beschossen, unauffindbar für einen Jagdflieger, getarnt durch die Ziegenherde unseres Hirtenführers. Die Maschinen der Legion Condor, aufsteigend von ihrem Stützpunkt bei Sevilla, flogen ihre Angriffe auf Madrid sowieso über die sichere Estremadura-Route im Westteil des Landes. Hier waren wir nicht mehr als eine Fußnote des Krieges, winzig und geduckt unter dem Wolkenmeer, auf keiner Generalstabskarte verzeichnet.

»Wenn ich mich umsehe«, meinte Simpson, der vor mir lief, »wenn ich uns ansehe inmitten von Mulis und Ziegen, verschlagen in eine gottverlassene Gegend, und dabei den Sinn unserer Wanderung bedenke ... ihre mögliche Bedeutung in diesem Krieg ... Irgendwie grotesk, finden Sie nicht?«

»Krieg oder Politik«, sagte ich. »Es kommt darauf an, wie hoch man diese Dinge hängt. Beide setzen sich doch bloß aus einem Flickwerk der absonderlichsten, oft unscheinbaren Bestandteile zusammen, oder? Aus einer Anhäufung vermeintlicher Belanglosigkeiten, die über Gedeih und Verderb bestimmen. Es sei denn, wir hingen dem Geniekult, dem Feldherrenkult blasser Geschichtsschreiber an ...«

»... den Blutergüssen edler Papierkrieger«, setzte Paco hinzu. Er kicherte vor sich hin. Er kannte die blutige Banalität des Krieges besser als wir, wenn auch nicht den Cicero – inter arma silent leges: Unter den Waffen schweigen die Gesetze.

An der Spitze unseres Zuges versuchte der alte Ziegenhirt vergeblich, ein paar Worte mit unserem neuen vierten Mann, dem Militärpolizisten, zu wechseln. Morgens, beim Aufbruch in Montoro, hatte Paco uns von ihm erzählt. Rámon sei ein Mann, der alles, was er sah und hörte, wie eine Nahrung aufnehme, also für sich behalte.

Dabei verhielte er sich so, als ob er nichts sähe und hörte, stets abgewandt und die Augen halb geschlossen. Im Übrigen ein Ausbilder im Nahkampf, geeicht auf Stichwaffen, die er nach Art der Kampfstiere führe, ganz unversehens von unten nach oben, wie ein umgekehrter Blitz. Rámon behaupte zudem, dass der Ausdruck »Kampf bis aufs Messer« von einem spanischen General aus dem vergangenen Jahrhundert stamme ... la guerra hasta la navaja.

***

Monate später – nach unserer Aktion gegen Dirlewanger, die eine Aktion gegen die Legion selbst sein sollte – würde ich noch einmal über jene Verwunderung nachdenken, die Christopher Simpson bei unserem Fußmarsch vor Córdoba gezeigt hatte – »wenn ich mich umsehe, irgendwie grotesk« ... Eingedenk der zweifellos kriegswichtigen Bestimmung unseres Auftrages mussten ihm die Umstände, die armselige Wirklichkeit der Umsetzung, allzu gewöhnlich, fast profan vorgekommen sein. Dabei wussten wir noch wenig ...

Erst später, wieder in Madrid, sollten mir Nachrichten zugänglich werden, die mich Simpson besser verstehen ließen. Nachrichten aus Berlin und Paris, die, wie unser Hauptmann in Montoro gesagt hätte, für sich allein Stoff für einen Roman gewesen wären. Keine Frage, es ging um Frauen, die ich persönlich nicht kannte, um Agentinnen aus feindlichen sowie um Diplomaten aus unterschiedlichen Lagern, im Hintergrund um den unvermeidlichen Canaris. Alles in allem um undurchsichtige, sich gegenseitig vergiftende Netzwerke. Einer konnte hineingeraten, ohne es rechtzeitig zu bemerken.

Ich erinnerte mich: In den unruhigen Tagen vor dem Juli-Putsch war ich in einem Madrider Café Freunden begegnet, darunter ausländische Korrespondenten, alle schweigend über ein Blatt Papier gebeugt, über einen Text aus ungenannten Botschaftskreisen – er enthielt eine dringende Warnung vor einem drohenden Staatsstreich, verbunden mit einer Aufzählung der interessierten gesellschaftlichen Stützen. Ich las mit und schrieb mir ins Gedächtnis: »... die Monarchisten, die Großgrundbesitzer, die Großindustriellen und Bankiers, die kirchliche Hierarchie, die Militärclique, die Faschisten ...« Ein umfassendes Bündnis derselben Gruppen, die sich in den Zwanzigerjahren schon einmal eine Militärdiktatur geschmiedet hatten, nur die Falange war neu dazu gestoßen, als Sozialalibi. Niemand wusste (oder wollte mir sagen), wer der Verfasser dieses Warnschreibens war. Ich vermutete eine russische Quelle, bis ich Wochen später im Büro des Servicio de Informácion Militar eine Kopie in die Hände bekam, entschlüsselt, diesmal mit Adresse und Absender: Claude B. Bowers, Ambassador – State Department, Washington D.C. Inzwischen hatte sich der Botschafter auf Geheiß seines Dienstherren in Frankreich niedergelassen, wo er heftigst gegen das Londoner Nicht-Einmischungs-Komitee protestierte – »the most cynically disgracefully dishonest group that I know in history« –, während die Texas Oil Company Francos Kriegsmaschine auf Kredit versorgen, Madrid dagegen in den USA keine Waffen kaufen durfte. Bowers musste resignieren, wie alle anderen vom Bund der »American Friends of the Spanish Republic«, namentlich des freiwilligen Lincoln Bataillons, Teil der Internationalen Brigaden.

»Ein unglücklicher Mensch«, sagte in solchen Fällen Marcel Rosenberg, Moskaus Botschafter in Madrid, und sprach damit zugleich von Bowers' Amtskollegen in Berlin, William E. Dodd, dort praktisch persona non grata. Fassungslos, doch ohnmächtig musste Dodd erfahren, dass sich der deutsche Widerstand im Gegensatz zu einer »Bande von Verbrechern und Feiglingen« nicht auf eine Volksbewegung stützen konnte – eine Viertelmillion Hitlergegner war bereits in Haft, viele tausend außer Landes, nur ein paar hundert im Untergrund aktiv. Das war der Stand im Olympiajahr 1936.

Ein Kind in der Hütte aber, sagt man, ist mehr als ein Vater in Amt und Würden. Martha, des Botschafters Tochter, nahm sich das deutsche Elend zu Herzen, verlobte sich allen Ernstes mit dem russischen Diplomaten Boris Winogradow, Erster Sekretär in Berlin, reiste an die Wolga, beschenkte Molotow mit Jazzplatten (Who's Afraid of the Big Bad Wolf), besuchte danach mit Winogradow Paris, trat dort in Verbindung zu Otto Katz, Komintern-Vertreter für Spanien in Westeuropa, danach zu Abram Sluzki, Leiter des Außenamtes des NKWD. In der jungen Martha Dodd keimte bereits die nahende, unausweichliche amerikanisch-russische Allianz gegen die Kriege des NS-Regimes, gewiss nicht ohne Kenntnis und Duldung des Vaters.

Die kleine, zierliche Frau schien Berge zu versetzen, ein raues, kaltes Meer zu überbrücken. Keine Archive würden je erzählen, was etwa die American Friends als Ganzes an Ausrüstungsgütern für ihr Lincoln Bataillon in Spanien über Florida am Golf von Mexico auf den Seeweg brachten – in Hemingways Geschichte vom »Haben und Nichthaben« nur vorsichtig berührt, von Gleichgesinnten öffentlich gefordert: von Bacall, Bogart, Chaplin, Cagney, Davis, Dreiser, Dos Passos, Crawford, Flynn, Ford, Einstein, Dietrich, Hammet, Hellman, Faulkner, March, Parker, Robinson, Sinclair, Steinbeck, Reiner, Lewis, Vidor, Welles, Wilder und anderen. Gemeinsam standen sie alle jenen Aktivitäten nahe, frühzeitig, die nach der Überwindung der faschistischen Mächte als »un-amerikanisch« verurteilt werden sollten. Wessen »nützliche Idioten« waren sie also bis dahin ...? Stalins oder McCarthys? Oder schlicht anständige, kluge Leute? Spielzeug der großen Politik.

Die kleine Martha Dodd, gewappnet mit einem doppelten CD-Schild, übertraf sie alle, was die Einwirkung auf den spanischen Krieg anging. In Berlin, später außerhalb, über teilweise bekannte Mittelsmänner wie Klaus Bonhoeffer, Arvid Harnack oder Harro Schulze-Boysen ständig im Bereich geheimer Nachrichtengebung tätig, indirekt im Inneren des Abwehramtes Ausland, des Wirtschafts- und Luftfahrtsministerium wirkend, war sie maßgeblich an der Unterrichtung des Servicio de Informácion Militar in Madrid über die Legion Condor beteiligt. Das rettete nicht zuletzt Leben im Lincoln Bataillon, vielleicht auch Hemingways, der monatelang mit den Brigaden marschierte, als Katholik, der allein vierzigtausend Dollar für Medikamente ausgegeben hatte.

Nur Petitessen angesichts der Vorleistungen des seinerzeit größten aller Waffenschieber, Generalfeldmarschall Göring. Franco stand bei ihm bereits Mitte 1937 mit über zweihundert Millionen Reichsmark in der Kreide, die Söldnerlöhne nicht mitgerechnet. Die Putschisten zahlten in Naturalien zurück, bald in baskischem Eisenerz, ein

Kriegsausverkauf des eigenen Landes. Auf republikanischer Seite musste die Regierung für Waffenkäufe in Moskau sämtliche Goldreserven verausgaben, im Wert von über einhundertdreißig Millionen Dollar nur im ersten Kriegsjahr. Der Krieg ernährt den Krieg, heißt es. Ein reiches Land ging in den Ruin.

Ein geübtes Auge musste die anziehende Frau hinter ihrer Camouflage erkannt haben; denn eines Tages musste sie nach London und Madrid auch Paris verlassen – Elisabeth Buettner, genannt »die Spinne im Salon«, eine ehrgeizige deutsche Gegenspielerin der Martha Dodd. Aufgestiegen von der Sekretärin des »Stürmer«-Herausgebers Streicher ins Außenpolitische Parteiamt, Dienststelle SS-Brigadeführer Ribbentrop, verbunden mit dem SD-Auslandsressort Himmlers und dem Amt des unermüdlichen Admiral Canaris.

Die Buettner, aus England wegen Parteipropaganda ausgewiesen, danach – am Vorabend des Militärputsches – in der spanischen NS-Organisation zuhause, sollte schließlich der berühmten »Fünften Kolonne« in Frankreich dienen, zeitgleich wie Spanien von einer Volksfront regiert. Hier wie dort großzügig mit Devisen, darunter Millionen Francs, und Reizen anderer Art versehen, die auch einen General oder Chefredakteur oder Parlamentarier nicht kaltlassen konnten. Kontakte, die bei hochgeistigen Leseabenden über ein unverfängliches Etablissement namens »Comité France-Allemagne« gesponnen wurden.

Indes, auch Frankreich kannte seine Dirlewangers und Geheimbünde, die gleichlaufend zum Salon vorgingen, überdies ein Schlaglicht darauf warfen, wie man im Jahr zuvor die spanische Republik angegriffen und untergraben hatte – und ein Jahrzehnt zuvor die deutsche ... In der Pariser Rue de Presbourg flog das Gebäude des Unternehmerverbandes in die Luft, darauf eine weitere Zentrale, und sogleich alarmierten eingeweihte Blätter, die Roten probten die Revolution. Die Sûreté hingegen, obwohl personell bereits doppelt im Spiel, fand bei der Spurensuche gepanzerte Kellergewölbe, angefüllt mit Sprengstoff, Bomben,

Maschinengewehren samt Munition deutsch-italienischer Herkunft im Besitz einer sogenannten »Cagoule«, einer französischen »Organisation Consul« – Canaris empfahl sich wieder einmal, fern der Anklagebank.

Im Verlauf des Prozesses gegen die »Cagoule« aber wurde der Direktor des »Comité France-Allemagne«, Abetz, ausgewiesen; die Buettner hatte sich abgesetzt. Der Kunsterzieher und seine Kurtisane.

Die Funken erreichten das Pulverfass nicht. Provokationen, wie sie in Paris verpufften, Terrorakte zur Herausforderung extremer Gegengewalt von rechts und links, letztlich zur Destabilisierung des demokratischen Staates, hatten im Vorjahr in Madrid dagegen ins Schwarze getroffen: Falangisten und Anarchisten schlugen sich bei Tag und Nacht die Köpfe ein, Pistoleros und Messerhelden, Vorwand genug für die Generalität im Hinterhalt, der verhassten Linksregierung den allgemeinen Bürgerkrieg zu erklären. Der Mord an einem hohen Oppositionspolitiker – er hätte erfunden werden müssen, wäre er nicht geschehen – hatte den Putschisten als Startschuss gedient.

Im Grunde hatte Christopher Simpson, der Gefährte vom »Nicht-Einmischungs-Komitee«, wohl recht – das Ganze wäre nur lächerlich, würde nicht so viel Blut daran kleben ... Jedenfalls absurd, absurdes Welttheater mit scharfen Waffen, im Visier das zahlende Publikum, wie so oft im Halbschlaf überrascht.

Wieder dachte ich zurück an meine Lehrzeit am Gericht, an die Verhandlung des Anschlages auf den »Rapallo-Minister« Rathenau, verübt von der »Organisation Consul«, da es Oberreichsanwalt Ebermayer für erwiesen ansah, dass die Attentäter ... »das Verbrechen aus fanatischem Antisemitismus und in dem Wahn begangen haben, sie könnten durch gewaltsame Beseitigung eines hervorragenden Mitglieds der Regierung (...) eine Erhebung der Arbeiterschaft und nach deren Niederwerfung die Einsetzung einer rechtsradikalen Regierung herbeiführen.«

Bestätigt durch Aussagen von OC-Seeoffizieren, darunter Leutnant Heinz, die sich verschworen hatten, wie sie erklärten ... »die ganzen Novembermänner hintereinander zu killen (...), um möglicherweise einen Umsturz von links hervorzurufen, damit es der Organisation C möglich wäre, ihrerseits dann die Militärdiktatur zu errichten.«

Jahre später, vor meiner Flucht aus Berlin, sollten dort üble Nachrichten auf meinem Schreibtisch landen: Canaris, kaum zum Amtschef der Abwehr/Ausland erhoben, hatte seine alten OC-Kameraden Heinz und Liedig reaktiviert und dienstverpflichtet; neben ähnlichen Gestalten, die in der südamerikanischen Etappe inzwischen des Spanischen Herr geworden waren. Und sogleich, im Sommer 1935, begab man sich nach Madrid, just zum selben Termin, da die Falange-Führer im nahen Parador de Gredos den bewaffneten Aufstand nach dem deutschen Vorbild beschlossen, allerdings eine Kolonialarmee Gewehr bei Fuß zur Seite.

Wohin mit soviel gefährlichem Wissen? Ergänzt noch durch die Nachrichten von Waffenkäufen Primo de Riveras sowie der Generäle Mola und Sanjurjo in Berlin. Also zog ich einen englischen Anglerfreund aus besseren Tagen ins Vertrauen, eben Christopher Simpson, den Cambridger Gelehrten. Er erkannte das Ausmaß der Angelegenheit. »Lieber Chris«, schrieb ich ihm, »der Fisch beginnt zu riechen ...« und so fort. Damit bekam der Stock zwei Enden.

In Madrid wurde zwar Primo de Rivera ausgeschaltet, in Lissabon Sanjurjo, doch es blieb der Stratege Mola, der darauf den Kolonialgeneral Franco einbezog, und der Staatsstreich nahm seinen Lauf, wenn auch der Fahrplan versagte. So musste die Deutsche Lufthansa als Truppentransporter vor Gibraltar einspringen, nachdem die Matrosen der spanischen Mittelmeerflotte die Befehle ihrer Admiralität ignorierten. Ähnlich wie 1918 die Kieler Mannschaften, die sich weigerten, »zum Angriff und Schlagen auf englische Flotte« anzutreten.

London, so hofften wir, würde den loyalen spanischen Matrosen – wie einst den deutschen – seinen Respekt nicht versagen können. Vergeblich gehofft, das folgende konservative Chamberlain-Kabinett verstieg sich in höhere Regionen, schloss bald Flottenabkommen mit Hitler und Mussolini ... Dabei war in London schon sechs Wochen nach dem spanischen Putsch ein repräsentatives Gremium entstanden, das Berlin und Rom die Lieferung von Kriegsmaterial an die Putschisten vor und nach dem Juli 1936 nachweisen konnte – das »Committee of Inquiry into Breaches of International Law Relating to Intervention in Spain«.

Im Ausschuss saßen Parlamentarier der Independents, Labours und der Liberalen, Lords, Offiziere und Professoren, unterstützt von der konservativen Abgeordneten Herzogin von Atholl, von Kommunisten, von Wissenschaftlern und Schriftstellern wie W.H. Auden, E.M. Forster, A. Huxley, O'Casey, G. Orwell, H.G. Wells, S. Spender. Geist und Macht hatten sich für die Sache der Republik zusammengetan, wie zugleich in Frankreich.

Die britische Regierung aber ließ die deutschen Rüstungsfrachter unter der Flagge Panamas weiterhin den Kanal passieren, scheinbar blind, taub und stumm wie die berühmte Plastik von den drei Affen. Währenddessen sah die spanische Volksfront-Regierung ebenso realistisch wie verzweifelt das Unvermeidliche kommen: Nämlich den »Beginn einer Ära in Europa, die es gewissen, der Gewaltherrschaft verschworenen Staaten gestatten würde, durch Entfesselung von Bürgerkriegen im Inneren und durch bewaffnete Hilfe für die aufständischen Gebiete vor der schweigenden internationalen Öffentlichkeit ungestraft Ihre Ideologie und ihre Staatsauffassungen anderen Ländern aufzuzwingen.«

5.

»Welche Klarsicht!«, rief Simpson bewegt. »Und Weitsicht ... Das nenne ich Haltung – das Verhängnis nahen sehen, ohne sich ihm zu fügen. Beispielhaft!«

Unser Weg über die Berge vor Córdoba war beschwerlich, das Auf-und-ab durch Schlamm und Geröll, die schmerzenden Rücken und Knie, die Strapazen zusätzlich belastet durch unsere Vorstellungen und Gespräche von dem, was jetzt draußen in einer irren Welt vor sich ging, während uns hier eine grandiose, doch gleichgültige Natur umgab, die uns wohl den Blicken des Feindes entzog, nicht aber dessen Einwirkung auf unsere Gedanken und Stimmungen. Schließlich führte unsere mühsame Wanderung zugleich in das Innere einer unbegreiflichen Kriegsgeschichte.

Simpson nahm es besonders schwer, aus zweifachem Anlass. Tief verstört beklagte er »die Beschwichtigungsgesänge« seiner heimatlichen Eliten, die einen Nichtangriffsvertrag mit dem Hitlerregime anstrebten, dessen Flammenwerfer gerade vor unseren Augen Spanien abbrannten, und damit nicht genug, quälte ihn der berechtigte Verdacht, unser Unternehmen gegen Dirlewanger könnte auf Geheiß des russischen Militärgeheimdienstes in Madrid geplant worden sein, nur nach außen vom Servicio de Informácion Militar vertreten. Zur Veranstaltung eines öffentlichen Prozesses, wie er fürchtete, zur Ablenkung von Moskauer Unrechtsverfahren.

Mit den Worten Macbeth' klagte er: »Oh, was ist das für eine sinnlose Welt, wo die Besten schlimmer sind als die Bösen!!« Unter solchen Zweifeln wurden seine Schritte zusehends langsamer, zögernder. Für Paco und mich wurde es nicht leichter, ihn mitzuziehen.

»Vergiss das alles!«, forderte Paco einmal trotzig. »Es ist unser Kampf, für unsere Leute! Wir siegen oder siegen nicht, mit oder ohne fremde Hilfe, Gleichgültigkeit oder feindliche Einmischung. Niemand kann unseren eigenen Kampf ersetzen, allerdings unterstützen ...«

War das eine Spitze gegen unseren armen Simpson? Schnell mischte ich mich ein: »Leicht gesagt, Paco! Aber spielen wir nicht alle bloß die richtige Rolle in einem falschen Krieg?«

Simpson kam Pacos Antwort zuvor, »In der Rolle eines Offiziers der Intelligence Division des NIC: Wie kann ich meine Regierung in London verfluchen, heimlich aber den Handlanger für Stalins Polizeistaat spielen? Wer kann mir diesen Widerspruch abnehmen?«

»Nur du selbst!«, erwiderte Paco. »Warum erschießt du den ›Doktor‹ in Córdoba nicht einfach? Seine Leiche würde die beste Symbolfigur für die Legion Condor abgeben, und eine Leiche hat noch niemand auf die Anklagebank gesetzt – nicht im katholischen Spanien! Außerdem, amigo: Dienen eure Beschwichtigungsaristokraten in London etwa nicht unter der Hand einem ausländischen Polizeiregime, wie? Nur gibt's da einen kleinen Unterschied, den wir bitte nicht verwischen wollen: Nicht die Russen brechen in meinem Land das Völkerbundrecht, sondern Hitler und Mussolini, die Aggressoren! Oder beugt sich die Welt schon wieder der Willkür des Stärkeren?«

»Bravo!«, murmelte Pio, der alte Ziegenhirte, und rieb sich die knochigen Hände. »Dich wähle ich in die Cortes!«

Es wurde Abend, wir hatten unser Nachtquartier in einer verlassenen Höhlenwohnung aufgeschlagen; verlassen von Gitanos, weggezogen von der Guadalquivir-Front. Pio machte sich an der Feuerstelle zu schaffen, kümmerte sich um unser Eintopfessen. Tagelöhner bis ins hohe Alter – zwei Pesetas täglich, Sechsundsechzig Pfennig –, war er am Ende ein anderer Mensch geworden, nurmehr von seinesgleichen abhängig. Sein früherer Gutsherr dagegen, Hals über Kopf nach Sevilla geflüchtet, sei derselbe Mensch geblieben, meinte Pio. Seine Ziegen aber wüssten, wo sie hingehörten.

***

Eine gewisse Logik ließe sich Pacos Standpunkt schlecht absprechen, gab Simpson zu, als wir später in unseren Schlafsäcken lagen. »Wir sollten Dirlewanger tatsächlich töten. Das heißt, ich sollte es tun – an mir bleibt es wohl hängen ... Abscheulich, eine Art Standgericht, Hinrichtung! Anders hätte ich bei Paco und seinen Freunden sicherlich verspielt – nach alledem muss ich nun damit meine Würde vor ihnen bewahren, mit einer Kugel aus dem Hinterhalt. Famos, das Ganze! Nur habe ich mich da selbst hineingeritten, idiotisch!«

»Wir werden zu viert sein«, entgegnete ich, »und niemand wird wissen, wessen Kugel es war.« – Er hielt das für Unsinn, einen Viertelmörder gäbe es nicht. Er sei der Scharfschütze, und kein anderer könne diese Angelegenheit unblutig und lautlos vollziehen, »genau ins Herz«.

Ich wollte ihn aus seinen düsteren Gedanken reißen und versuchte einmal mehr, unserem Gespräch eine allgemeinere Richtung zu geben. Versteckt in einer andalusischen Berghöhle, der Eingang von Hirtenhunden bewacht, plagten uns Skrupel um einen Dirlewanger, wogegen zweitausend Kilometer entfernt von uns, im Kriegsministerium von Berlin, zur selben Stunde fieberhaft schon an einem »Fall Rot«, Einfall in Frankreich, gebastelt und ein paar Straßen weiter, im Auswärtigen Amt, aufmerksam beobachtet wurde: »Das englische Ruhebedürfnis ist groß. Es lohnt sich festzustellen, was England für seine Ruhe zahlen will.«

»Welche Sprache!«, stöhnte Simpson.

Richtig. Das war, wohlgemerkt, nicht etwa der Jargon sizilianischer Schutzgelderpresser, sondern eines feinsinnigen preußischen Staatssekretärs und Staatsrechtlers von Adel. Sprecher eines Beamtenclans, der, wie man dereinst versichern würde, dem Regime nur diente, »um das Schlimmste zu verhindern« – nachdem es längst geschehen war: die bürgerlich-parlamentarische Ermächtigung einer Parteidiktatur, militärisch flankiert, die Zerschlagung jeder Opposition. Gehörten die alten Herrschaften nicht vielmehr zu den Verursachern der schlimmsten aller Folgen?

»Gewiss«, sagte Simpson. »Nur künftige Schutzbehauptungen hochzivilisierter Schutzgelderpresser – die Berliner Wilhelmstraße weiß am besten, wie viel aus Chamberlains antibolschewistischem Spleen herausspringen kann ... aus so viel roter Verblendung. Dabei hat der Kollege Churchill die Zeichen der Zeit doch schon erkannt und angesichts der Moskauer Prozesse erklärt: ›Offensichtlich hat sich Russland entscheidend vom Kommunismus fortbewegt. Das ist ein Ruck nach rechts.‹ Churchill verlangt deshalb ein Militärabkommen mit Moskau anstelle eines Stillhalteabkommens mit Berlin, ein Beistandsabkommen, wie es Paris bereits unterschrieben hat, im Kreml übrigens auch Prag.«

Noch war es nicht soweit. Noch zahlte das konservative London für sein »großes Ruhebedürfnis«. Im spanischen Krieg etwa mit dem Verlust an baskischem Eisenerz, Lebensmittel für die Rüstungsindustrie, das bald in deutsche statt englische Häfen verbracht werden sollte. Entsprechend verliefen jetzt die Offensiven zwischen Tajo und Ebro, rannten Francos Hilfstruppen, Marokkaner und Mussolinis Schwarzhemden, wie besessen gegen Madrid an, flog die Legion Condor, General Sperrle persönlich voran, wohlweislich gen Norden, Stoßrichtung Bilbao, Baskenland, bis Pionier-Oberst Meise auf den Spuren der Flieger notieren würde: »Einzelziele scheinen von den Fliegern nicht genommen zu werden. Bei dem Rückzug in Asturien sollte durch Flieger die Brücke bei Guernica zerstört werden, um den roten Rückzug zu verlegen. Die Brücke weist keinen Splitter eines Treffers auf und ist unversehrt. Dagegen liegt Guernica in Schutt und Trümmern, ein Bild, schlimmer als die Alberich-Zerstörung beim Rückzug auf die Siegfriedfront 1917.«

Keine Einzelziele in diesem Fall, sondern die Erprobung eines städtischen Flächenbombardements, und der Oberst sah »ein Bild …« vor sich, überdies sehr nahe an der Grenze zu Frankreich.

»Was für ein Zufall!«, bemerkte Simpson. Langsam schienen seine Sorgen um unseren Auftrag in Córdoba einem bitteren Hohn zu weichen, auch wenn er meine Absicht spürte, ihm einen Stimmungswechsel aufzudrängen.

»In der Tat, ein bedeutsamer Zufall,« machte ich weiter.

»Ein Zufall an der Grenze zu ›Fall Rot‹ ... Ein Zufall, der Angst und Schrecken weit über das Baskenland hinaus verbreiten muss. Die Luftwaffe der Wehrmacht ist Frankreich hier buchstäblich in den Rücken gefallen – überhaupt ist ihr ganzer Spanienfeldzug, will mir scheinen, nicht zuletzt eine Art demonstratives Vorgefecht gegen Frankreich. Von außen immer mehr eingekreist und belagert, von innen untergraben – denken wir nur an die Berliner Firma Abetz & Buettner, an den Bombenterror in Paris! Umgekehrt werden in Berlin seit zwei Jahren schon Bunker gebaut, als wäre heute irgendwo ein Angreifer in Sicht. Rundum nur dienernde Diplomaten!«

Es war Mitternacht, stockfinster in unserer gottverlassenen Höhle – und Simpson plötzlich hellwach. Unsere andalusische Einsamkeit, weitab vom Kriegsgeschrei im Norden, die Nachbarschaft stiller Schatten unter den Bergen, ließen ihn die drohenden Gespenster jetzt deutlicher voraussehen als sie den Massen der großen, lärmenden, erleuchteten Städte erschienen, tausendfach betäubt von falschen Tönen und Signalen.

»Das Vorfeld eines zweiten Weltkrieges«, raunte er. »Schon sichtbar auf drei Kontinenten – in Asien Japans Angriff auf China, in Afrika Italiens Angriff auf Abessinien, in Europa Deutschlands und Italiens Angriff auf Spanien! Und nirgendwo eine schützende, bereitstehende Gegenmacht! Nur Nichteinmischungs-Komitees, wo die Böcke als Gärtner auftreten! Gute Nacht, schöne, neue Welt! Eine Welt des feigen oder brutalen Nationalismus.«

Die traurige Erkenntnis war: In London wurde bis zum letzten Spanier verhandelt. Auch unsere böse Ahnung, wonach der Einsatz der deutschen Luftwaffe in Spanien, insbesondere die Bombardierung Guernicas wie der Grenzstadt Port Bou, zugleich ein »Angriff auf Distanz« gegen Frankreich war, sollte sich schließlich bewahrheiten. Verlässliche Nachrichten besagten, dass Oberleutnant Schulze-Boysen über Martha Dodd Informationen nach Paris geleitet habe, die geheime Kriegsvorbereitungen im Reichsluftfahrtministerium betrafen. Wörtlich hieß es zu »Fall Rot«: »Eine wertvolle Ergänzung der eigenen Kampfführung gegen die französische Treibstoffversorgung wird in dem Einsatz der Legion Condor gegen die Raffinerien in Bordeaux, gegebenenfalls auch in Marseille gesehen.«

Indirekt sollte damit auch die Versorgung der spanischen Republik abgeschnitten werden, wogegen die Treibstoff- und Devisendepots der Franco-Junta in London lagen und dort unberührt blieben. Es wurde nicht bloß bis zum letzten Spanier verhandelt, sondern auch verdient.

»So kommt es«, meinte Paco, »dass der große Kapitalist dagegen sieben Leben wie die Katze hat. Jeder Krieg schenkt ihm das Leben neu.«

***

In der folgenden Nacht fanden wir noch weniger Schlaf als in der Höhlennacht zuvor – wir setzten über den Fluss. Unter den Hügeln vor Córdoba, wo der Guadalquivir abrupt eine Schleife zog, und weit außer Sichtweite der bewachten Brücke von Alcolea, vor Jahrhunderten aus schwarzem Marmor errichtet, lag am Ufer ein Ruderfloß versteckt, das uns trug, einen Mann nach dem anderen mit seinem Packmuli. Allein Pio blieb mit seiner Ziegenherde zurück, adios alter Freund! Vaya con Dios, selbst wenn der Allmächtige gegen das menschliche Schicksal so ungerührt blieb wie die großartige Natur, die uns umgab, dazu ein warmer Fäulnisgeruch, der von Afrikas Küste herüberwehte.

Das Übersetzen war nicht einfach. Der Himmel fiel uns mit seinen Regengüssen auf den Kopf, die Strömung des Flusses zog uns die Füße weg und furchtsam drängten sich die Packtiere an unsere Leiber, versuchten abzuspringen, ehe das Gegenufer erreicht war. Mit einer Hand mussten sie grob angefasst, mit der anderen beruhigend gestreichelt werden, daran waren sie in diesem Land gewöhnt. Im Grunde waren sie geduldig, ungeduldig machte sie nur der Hunger, die schwache Natur aller vergänglichen Wesen, und die Angst. Nicht vor dem eigenen Tod, den kannten sie nicht, so wenig wie Sieg oder Niederlage, auch nicht den Tod des Gegners. Nicht einmal ein Lebensziel war ihnen bewusst. Sie waren nur Kreaturen, die fürchteten, unsere Obhut zu verlieren.

Einmal auf feindlichem Gebiet, nachtdunkel und menschenleer, unbesiedeltes Getreideland am Rande einer Hügelkette, übernahm Rámon die Führung des Zuges. In der Ferne, am nordöstlichen Stadtzipfel, sahen wir bald Lichter blinken und für einmal brach der Militärpolizist sein Schweigen: »Die Garnison!« Unweit davon ein Feldflugplatz, dahinter ein Übungsgelände, wo angeblich auch Dirlewanger mit einer Minenwerfer-Einheit lag. Wir wandten uns weiter nach Süden, bis wir einen Unterstand von Feldarbeitern erreichten, schlugen dort unser Nachtlager auf und hielten abwechselnd Wache.

Im Morgengrauen sah man uns schon in die alte Vorstadt Campo de la Verdad einziehen, die ersten Frühaufsteherinnen, ein paar weißhaarige Marktfrauen, wünschten uns einen guten Tag. Unklar blieb, ob sie uns wirklich für unbekannte Bauern hielten, die von Carlota her die Campesiña durchwandert hatten. Unbekannt verloren wir uns in einem Gewirr niedriger, weißgetünchter Hütten, die eine wie die andere aussahen, so reinlich wie armselig. Doch Rámon, unser Wegweiser, war hier zuhause. Er führte uns zum Haus seiner Schwestern.

Das flache Haus, der enge gefliese Hof standen leer. Die vier Frauen waren abwesend, nur ein versteckter Schlüssel war vorhanden. Stunden darauf verließen wir das Volksviertel. Simpson und ich in weißen Hemden, sandfarbenen Leinenanzügen, Hüten und Schuhen. Paco und Rámon, die uns mit elegantem Ledergepäck auf einem Eselskarren folgten, trugen ihre abgegriffene Bauernkluft. Der äußerliche Kontrast passte hier ins herkömmliche Bild von oben und unten.

Wir kannten Córdoba nur aus Büchern, der Engländer und ich, und kannten uns beim ersten Stadtanblick unter dem Turm an der Brücke, Torre de la Calahorra, offenbar selbst nicht mehr ... Erstaunt, erschüttert, ergriffen, wie es gerade über uns kam – vor uns die maurische Brücke auf römischen Pfeilern in sechzehn Steinbögen über dem wirbelnden Fluss, dahinter die sagenhafte, mächtige Mezquita, die Moschee des frühen Mittelalters. Wir standen da wie angewachsen. Christopher Simpson, Master of Arts in Cambridge, putzte verstohlen seine Brille, wir glichen Kindern, die aus dem Schlaf erwachen konnten, ohne ihren Traum aus den Augen zu verlieren.

Wir dachten zurück an al Andalus, an ein Wunder, das jetzt seit tausend Jahren Vergangenheit war, da hier Christen und Juden gemeinsam im Kalifat syrisch-sunnitischen Ursprungs gelebt hatten, da einmal Naturwissenschaften, Philosophie und Religion versöhnt, Dogmatismus und Fanatismus überwunden waren, da hier, noch einmal tausend Jahre zurück, ein Dichter namens Seneca geboren wurde, der schrieb: »Principiis obstemus – Wehre den Anfängen!«

»Verrückt!«, murmelte Simpson. »Und wir haben uns hierher bemüht, um einen der übelsten Faschisten zu treffen! Diesen unaufhaltsamen ›Doktor‹ aus dem Schwabenland ... Eine Kugel wäre eigentlich zu schade für ihn, Gift angemessener.«

Wir waren uns einig, Simpson erleichtert. Rámon dagegen meinte, von Paco bestärkt, für ihn käme nur das Messer in Frage; auf andalusischem Boden hätte er die Wahl der Waffen – nach guter, alter Sitte müsse der Eindringling, »der ungebetene Gast«, daran glauben. Ohnehin sei das Messer das rechte Mittel, »das Leben zu überwinden«, sobald es angezeigt sei. In dieser Sache vergaß der Mann seine Verschwiegenheit. »Begrabt ihn in der Hölle!«, fluchte er.

Vielleicht hätten wir, wir alle, dazu besser geschwiegen und Simpson in diesem Moment sich selbst überlassen – überwältigt angesichts der Denkmäler einer Zivilisation, die im Spiegel der Erinnerung wie eine Fata Morgana vorübergegangen war. Dass Córdoba, neben Aachen einst die

Hauptstadt der Hochkultur des Kontinents, nun ausgerechnet von Francos Kolonialtruppen kontrolliert wurde, musste Simpson extrem bitter schmecken.

War er vielleicht deshalb auf das Gift verfallen? Als das angemessene Mittel für eine Unperson?

Der hagere Magister von Cambridge kannte sich aus in alten Schriften, trug manche davon bei sich wie andere Reisende ihre Zahnbürste, wusste nicht wenige auswendig wie seine Telefonnummer. Noch immer standen wir im Bann der Mezquita, einem Mausoleum von al Andalus, die rötlichen Umfassungsmauern bis zwanzig Meter hoch, eine Fläche von dreiundzwanzigtausenddreihundert Quadratmetern deckend, als er wie zu sich selbst sprach: »Im Westen des Erdenkreises glänzte wie ein Geschmeide eine Stadt, erhöht wegen ihrer außerordentlichen Macht, unbesiegt im Krieg, hoch kultiviert, welche die Spanier in ihren Besitz brachten, reich und berühmt, Córdoba mit Namen, berühmt wegen ihres Zaubers und ihrer Schätze, besonders, weil sie die Sieben Ströme des Wissens besitzt.«

Es war ein Gedicht der sächsischen Nonne Hrotsvit von Gandersheim.

Simpson wies auf die benachbarten Festungstürme über dem Flussufer, die Reste des maurischen Alcácar. Er erzählte, darin seien neben den Wachttruppen der Kalifen auch deren Bibliotheken, öffentlich zugänglich, eingelagert gewesen, im 10. Jahrhundert unter Haksam II. angeblich vierhunderttausend Bände, ins Arabische aus allen westöstlichen Literaturen übersetzt, vom Fürsten selbst fast sämtlich gelesen, die meisten von ihm mit Anmerkungen versehen. Haksam allein habe in Córdoba zusätzliche siebenundzwanzig Volksschulen einrichten lassen, beinahe jeder Einwohner al Andalus' habe lesen und schreiben gelernt, Christen, Juden, Muslime.

Der örtliche Bischof widmete dem Herrscher seine Abhandlung »Über die Einteilung der Zeit und die Wiederauferstehung des Körpers«. Der Rabbiner Moses Maimonides, Rechts- und Religionsgelehrter, veröffentlichte hier sein Buch »Führer der Verwirrten« gegen die Mystiker, und Ibn Rushd, mit lateinischem Namen Averroes, neben seinen Aristoteleskommentaren, die lateinisch übersetzt das übrige Abendland bewegten, sein Werk »Die Entstehung der Verderbtheit«.

»Verderbnis und Verwirrung«, wiederholte Simpson leise. »Sie gingen ihren Gang. Wer sagt uns, dass die Geschichte glücklich verlaufen muss? Nach Haksams Tod versank al Andalus unter Serien von Palastrevolten und Stammesfehden, das islamische Reich im Westen fiel in tausend Stücke – leichte Beute für die Reconquista der Ritterorden, gefolgt von der Inquisition, die nach achthundertjähriger Besiedlung Millionen Muslime und Juden aus Spanien vertrieben. Diese Austreibung von Wirtschaft und Wissenschaft, das Werk religiöser Rachsucht, auch einer ›limpieza de sangre‹ – Blutreinigung, sollte mit dem ›Gold Amerikas‹ wettgemacht werden.

Die Renaissance ließ das neue Spanien beiseite, Menschen wie Cervantes ausgenommen. Viele der spanischen Juden, Sepharden, ließen sich in arabischen Ländern nieder. Überliefert wurden die Worte des osmanischen Sultans Bayezits: ›Ihr nennt den König Ferdinand klug, der sein Land verarmen ließ, um meines zu bereichern?‹«

II. Teil

6.

Am gegenüberliegenden Brückenkopf des Guadalquivir luden wir unser Gepäck in ein Taxi, ließen Paco und Rámon zurück, fuhren weiter zum noblen Hotel El Gran Capitán, benannt nach einem lokalen Reiterhelden der Rückeroberung. Hier, in einer Hochburg des andalusischen Adels, waren zwei Zimmer mit Ausblick vorbestellt und wir besaßen die passenden Papiere dazu: Christoph von Berger und Albert Wagener, Frontreporter des halbamtlichen Deutschen Nachrichtenbüros, akkreditiert bei der Legion Condor in Salamanca. Jemand am Ort hatte vorgesorgt, eine uns unbekannte Person, die Kontakt zu uns aufnehmen würde – Schlüsselwort »Dante«.

Neben dieser Vorhut in der Stadt sollten uns Paco und Rámon den Rücken decken, sobald wir das Hotel verließen. Das war erst für den Abend vorgesehen, bis dahin wollten wir die Kundschaft unserer Herberge genauer erkunden. Deutsche Offiziere, Touristen überhaupt, waren offensichtlich nicht darunter; ihr südliches Hauptquartier befand sich in Sevilla und Cádiz. Es hieß, im »Capitán« versammelten sich vor allem die Stützen der hiesigen karlistischen Gesellschaft, Señoritas und Granden, die eher Kampfstiere und Paradepferde züchteten, als Weizen oder Baumwolle anzubauen, wogegen der hohe Klerus längst in den technischen Fortschritt investiert hatte, in Eisenbahnen, Bergwerke und Schifffahrt. Hie Weltmacht, da Provinzialismus.

Auch wir genossen am Mittagstisch des schattigen, unterkühlten Speisesaals die Langusten an Mayonnaise der vorzüglichen Hotelküche, vergaßen schnell unsere Höhlenmahlzeiten in den Bergen, die Paprikawurst zu roten Bohnen, und lauschten den frohlockenden Kriegskommentaren unserer höflichen Tischnachbarn: General Molas

Nordoffensive, so wussten sie, ging zügig voran und – das Beste! – im Süden von Córdoba hatten die tüchtigen Italiener Málaga zurückerobert. Das hat Symbolwert, erinnert es doch an jenen legendären Kanonenfeldzug des »Gran Cápitan« gegen Málaga anno 1487. Unsere Tischnachbarn erhoben die Gläser, stießen mit uns an – Simpson und ich, die Herren von Berger und Wagener, stimmten in den Schlachtruf ein: »Viva! Viva España nacional!« Man ließ sich nicht davon abbringen, unsere Rechnung zu übernehmen, doch Simpson zahlte mit Whisky zurück.

Immer wieder würden wir hier auf Leute treffen, die von ihrer feindlichen Einstellung zur Republik auf die Zeiten der Reconquista zurückgriffen, die über ein gutes Dutzend Generationen hinweg eine Art Triumphbogen ins Mittelalter schlugen. Und draußen auf dem Platz wurde ein Reiterstandbild des großen Kapitäns frisch aufpoliert, geschmückt mit Frühlingsblumen.

Wir waren wieder unter uns, zur Stunde der Siesta, da Simpson sagte: »Diese Landesherren leben tatsächlich in der Geschichte, nach wie vor – der Fall von Málaga jetzt, das bedeutet ihnen etwas, wie schon in der Vergangenheit. Damals war mit der Rückeroberung der Stadt auch al Andalus gefallen und mit dem Land die Glaubensfreiheit in Spanien, gefolgt von der Inquisition, der Zwangschristianisierung, der Sakralisierung von Krieg, Gewalt, Unterdrückung, Vertreibung. Die verbliebenen Muslime und Juden mussten konvertieren, mussten castellano sprechen, sich wie Kastilier kleiden. Und nun ist Málaga noch einmal gefallen, diesmal im Zeichen der Falange … Und wieder residieren die großen Kapitäne in den Bischofspalästen von Burgos bis Sevilla, totalitär mit kardinalem Segen.«

Málaga blieb ein tragischer Fall bis in die Gegenwart. Simpson fragte mich nach den Umständen der jüngsten Niederlage ein halbes Jahr nach dem Putsch, und ich nannte sie ihm, soweit ich sie kannte. Sie berührten ein paar Punkte, von denen ich im Beisein von Paco oder Rámon nur sehr vorsichtig gesprochen hätte.

Im ersten Jahr der Republik, 1931, waren in Málaga dreiundvierzig Kirchen und Klöster angezündet, verwüstet, geschändet worden, Nonnen, Mönche, Priester oft blutig verfolgt – ein unverzeihliches Verbrechen, das eher gefeiert als gesühnt wurde. Was für eine Sorte Republik war da entstanden?, fragte sich entsetzt die ganze Welt. Wer dachte dabei nicht an Russland, an kollektiven Terror? Wer dachte schon in diesem Moment an geschichtliche Hintergründe und örtliche Verhältnisse, namentlich in Andalusien, seit Generationen von Kämpfen zwischen privaten Söldnertrupps frommer Landlords und militanten Anarcho-Syndikalisten bestimmt, wer?

Wer gedachte schon jener unzähligen Bauernopfer, die eine Schlagzeile kaum wert waren, weil gewöhnlicher Alltag? Vielleicht die Reihen von Theatergängern in Berlin, Buenos Aires, London, New York und Paris, die sich an Aufführungen von Lope de Vegas »Fuente ovejuna« oder García Lorcas »Mariana Pineda« in Unruhe erinnerten. Nicht in der Tagespresse, auf der Bühne wurde der historische Funken geschlagen.

Der Angriff auf Málaga war geradezu provoziert, die militärische Verteidigung der exponierten, skandalösen Stadt folglich nicht ernsthaft betrieben worden. Hatten die Aufmärsche der Bevölkerung, bewaffnet mit Schrotflinten, Knüppeln und Messern, in den Tagen des Juli-Putsches die Besatzung der örtlichen Garnison auf ihre Seite gezogen, so versagte danach jede politische Technik der Madrider Zentrale, Málagas Milizen unter ihr einheitliches Kommando zu stellen. Am Mittelmeer wurde die Pariser Commune begeistert nachgespielt, nicht einmal Zeit auf die Einübung von Gefechtstaktiken und auf die Anlage von Befestigungen verschwendet. Madrid hielt sich mit Waffenlieferungen zurück, überließ die Abtrünnigen dem Untergang, die nicht einmal auf dem Papier einen Verteidigungsplan besaßen.

Eine furchtbare Strafaktion erfolgte. Am Morgen des 8. Februar konnte der Feind anscheinend nicht glauben, praktisch eine offene, schlafende Stadt vorzufinden, feuerte jedenfalls aus allen Rohren seiner Artillerie zu Lande, zur See und aus der Luft, und alles, was laufen konnte, flüchtete mit nichts als seinen Kindern auf der Straße nach Motril, wo Rettung möglich war, doch folgten ihnen je dreiunddreißig deutsche und italienische Flieger, um das Leben Tausender Menschen, nichts als ihr nacktes, kurzes Leben zu vernichten. Es war nach Badajoz an Portugals Grenze die zweite große Massenhinrichtung, und Göring nannte Spanien »unsere Kriegsschule«.

Málaga war der Geburtsort Picassos, doch benannte er sein Bild vom Krieg nach Guernica. Málaga, nicht zuletzt ein Opfer von Intrigen innerhalb der uneinigen Volksfrontregierung, hätte durch Geschützstellungen auf den nahen Höhenzügen durchaus verteidigt werden können, sogar wirksam.

Simpson schüttelte nicht einmal den Kopf, er wirkte wie versteinert, bis er fragte: »Wie viel feindliche Truppen sind auf die Stadt marschiert?«

»Sechsunddreißigtausend insgesamt.«

»Wie viel spanische darunter?«

»Keine.«

»Keine?«

»Nein, drei italienische Divisionen, ein Regiment Fremdenlegion, ein Regiment Kolonialmarokkaner, ein Bataillon Iren.«

Er sagte: »Und das nennen wir den Spanischen Bürgerkrieg! Was übrigens die Marokkaner betrifft – offenbar sind nur kolonisierte Muslime gelittene Muslime, gut genug für einen schmutzigen Krieg. Wie Mussolini seine Arbeitslosen hierher schickt, Hitler seine ›Freiwilligen‹ wie Dirlewanger. Und auf der anderen Seite Stalin seine letzten jüdischen Diplomaten und Offiziere, sicher nur noch im Kriegsdienst.«

In Tat und Wahrheit hatten sich der anfängliche Putsch und Bürgerkrieg, längst in einen regulären Krieg, in eine Ansammlung und Verdichtung aller Übel der Welt verwandelt, in die Vorhölle des nächsten großen Völkerkrieges, entfacht erneut am rückständigsten Rand Europas. Nach Sarajevo Salamanca.

Die scheinbare Unabwendbarkeit der Katastrophe, der feige Versuch der westlichen Demokratien, sich auf Kosten Dritter schadlos zu halten, statt dem Faschismus gemeinsam in den Arm zu fallen, die Verherrlichung des bewaffneten Kampfes in Spanien nicht nur auf einer Seite, all das bedrückte und entmutigte Simpson zusehends. Schließlich konnte ich nur hoffen, dass er tatsächlich auf Dirlewanger schießen würde, nicht in den eigenen Kopf. Nach dem Essen hatte er die Whiskyflasche auf sein Zimmer mitgenommen.

»Churchill«, sagte er am Abend, »sollte seinen ganzen Laden besser zur Fuchsjagd schicken. Dafür reiche der Schneid, der Weitblick auch.«

***

Wir gingen vom Hotel an der Avenida de América, Paco und Rámon im Rücken, zum illuminierten Paseo del Gran Capitán, allabendlich Sammelpunkt der Nachtschwärmer mit und ohne Uniform. Hier lagen jetzt auch die Offiziere der Franco-Koalition in Stellung, nicht in Kommandoständen, sondern an den Marmortischen von Cafés und Clubs, in den Sesseln von Kinos und einschlägigen Flamenco-Adressen, in den Kissen besserer Bordelle. Auch Dirlewanger, so hatte eine Auskunft in Madrid gelautet, sollte hier anzutreffen sein. Wir begnügten uns vorläufig mit einem Bierlokal, das Publikum gemischt, überwiegend einfache Infanterie.

Am langen Tresen waren Milizen der Falange und reguläre spanische Soldaten in der Unterzahl, ihre monatlichen Bezüge lagen nur zwischen dreißig und neunzig Pesetas – der Sold der Italiener betrug dreihundert, der Deutschen zweitausend (bei zusätzlichen Wehrmachtbezügen zuhause). In Córdoba aber waren nur wenige Experten der Legion Condor stationiert, drei davon Artilleristen. Sie standen jetzt fast in Reichweite von uns und sprachen über das schlechte Wetter, über die wolkenverhangene Sicht.

Die Erfahrung, in unmittelbarer Nähe des Gegners zu arbeiten, war mir nicht neu, auch wenn sie weit in die Zwanzigerjahre zurückging, in die Zeit der Verfolgung von Hintermännern der Organisation Consul durch die politische Abteilung der Berliner Kriminalpolizei. Jetzt dachte ich daran zurück, an bestimmte unvergessliche Einzelheiten, an Treueschwüre in einer hochangesehenen Anwaltskanzlei an der Berliner Kantstraße, da ich im Spiegel über dem Tresen in die braven Gesichter der deutschen Wehrmacht sah. Vorläufig hatten die stolzen Männer bloß das Wetter zu beklagen, abgesehen von ersten Verlusten am spanischen Himmel durch russische Jäger.

Aus dem Stimmengewirr hinter uns hörte ich eine Frau: »Señor von Berger ...«

Christopher Simpson drehte sich langsam um, ich sah die Frau und ihren Begleiter im Spiegel vor mir – er hielt einen Dante-Band wie ein Schutzschild vor der Brust. Ein kleines, dürres Männlein mit schütterem Haar. »... ta duca, tu segnore, e tu maestro«, wandte sich Simpson, den Dante zitierend, an ihn. Es war die vorgesehene Antwort auf den Kode. Es stand nicht zufällig ein Italiener in der Nähe, der »Duce« verstanden und uns umarmt hätte, nur wegen eines Lobes auf den römischen Popanz, »du, mein Führer, Herr und Meister.«

Das Paar ging hinaus, wir leerten unsere Gläser, zahlten und folgten. Das Paar bestieg ein Auto und fuhr gemächlich den Paseo hinunter, um hinter dem Stadttheater rechts abzubiegen, in Richtung der östlichen Parkanlagen, der »Gärten des Sieges«. Wir erreichten sie zu Fuß, wanderten dort unter Palmen umher, bis uns zwei junge Liebende eine Sitzbank überließen. Paco und Rámon blieben weiterhin auf Abstand, wie Simpson und ich unter einem Regenschirm. Im Duft von Orangenblüten fiel ein warmer Nieselregen.

Das Männlein mit dem Dante-Band kam ohne seine Begleiterin und ohne Schirm, es hielt sich das Buch über den Kopf. »Nennen Sie mich Don Antonio«, war die Begrüßung. Unsere Decknamen kannte der kleine Mann, auch er sprach von Dirlewanger nur als dem »Doktor«.

Er, Dirlewanger, hörten wir erstaunt, sei vorerst gar nicht in der Stadt, vielmehr kurzfristig nach Sevilla abkommandiert worden. Dort, im Rekrutenlager La Jarilla, drohten Schießereien unter verfeindeten Falange-Fraktionen, wie sie bereits auf dem Rittergut Pedro Llen bei Salamanca stattfanden. Beide Milizenlager, auf die Bekämpfung von Partisanen ausgerichtet, wurden von deutschen Offizieren geleitet, Kindler von Knobloch und von Issendorf, und Oberleutnant Dirlewanger sollte Knobloch unter die Arme greifen.

Die eine spanische Kriegspartei war so brüchig wie die andere, auch auf Seiten der Militärdiktatur, der Faschisten und Traditionalisten. Für seine Einheitspartei hatte Franco, ständig als »dummes Dickerchen« oder »bobo brillante« in elitären Kreisen unterschätzt, nach Primo de Riveras Tod zwar das Programm der Falange in Anspruch genommen, nicht jedoch deren verbliebenes Führungspersonal. Was ihn interessierte, war die soziale Symbolik, die völkische Demagogie. Die Generäle hatten die Partei übernommen, nicht umgekehrt – wie im Deutschen Reich, wo sich der Generalstab ohne Not einem Führereid ausgeliefert hatte.

Kaltgestellt, teilweise inhaftiert oder hingerichtet, wurden Falange-Funktionäre, die Stimmung machten gegen Bankiers und Bischöfe, Königstreue und Großgrundbesitzer. Die Militärmacht aber war eine vollendete Tatsache, vorbehaltlos willkommen bei Kapital und Klerus, und nun wurde unter den alten und jungen Falangisten blutig um Ablehnung oder Anpassung gestritten, ihre deutschen Instrukteure und Ausbilder, darunter Dirlewanger, hatten offenbar Mühe, den faschistischen Bruderkampf zu meistern, ohne selbst hineingezogen zu werden. Wir, Don Antonio, Simpson und ich, besprachen uns kurz mit Paco und Rámon und kamen überein, ohne sie nach Sevilla zu fahren noch in derselben Nacht. Im Regen wären das zwei staubfreie Autostunden, die Straßenkontrollen einbezogen. Wegen der Kontrollen schien es uns ratsam, allein zu reisen, diesmal mit Pässen des Non-Intervention-Committees. In diesem Fall wollte Simpson seine Rücksichtnahme gegen die »Schwindelfirma« aufgeben, eine Art Revanche.

Don Antonio stellte uns einen Wagen zur Verfügung, einen schweren Dodge, wir steuerten die Nummern- und CD-Schilder bei. Am Steuer selbst aber saß die Frau, die Simpson an der lärmenden Biertheke unter einem anderen Namen angesprochen hatte. Wir hatten nichts dagegen, sie kannte die Strecke. Simpson saß vorn neben ihr, ich hinten. Unsere Armeepistolen steckten im Reserverad, uns fehlte der Waffenschein. Niemand nahm das auf die leichte Schulter.

***

Wieder ging es weit in die Weite, wieder ohne nennenswerte Verzögerungen. Die Wachtposten am Weg zeigten mehr Sinn für die Schönheit am Steuer unseres Wagens als für die Echtheit unserer Ausweise. Für die jungen Soldaten ein Lichtblick im Dunkel ihrer Nachtwache, im Schein ihrer starken Lampen, im Einerlei der abfallenden Ebene, so viele Kirchtürme in den verstreuten Landstädtchen wie Olivenfelder vor ihren Toren, Haciendas an den Vorläufern des andalusischen Tieflandes. Auf einem dieser Landgüter, am Ort La Jarilla, sollten wir auf das Rekrutenlager der Falange stoßen.

Ich sah das Gesicht der jungen Frau nur im Rückspiegel, und dann auch nur Augen und Nase, wenn im Wagen ein Zündholz aufflammte oder dahinter ein Blendlicht. Bei offenem Fenster trug sie den Kragen ihres leichten moosgrünen Regenmantels hochgeschlagen, ihr Kopf war in ein weinrotes Seidentuch gehüllt. Marisol, so hieß sie für uns, war wie Don Antonio, ihr Vater, im Arztberuf tätig. Mehr

64

wussten wir nicht, aber es war beruhigend genug. Allein der Blick aus ihren großen, dunklen Samtaugen schien Simpsons Stimmung zu stabilisieren, seine Gedankenflucht aufzuhalten, auch wenn sie die Augenbrauen recht hoch trug.

Von Dirlewanger wusste sie nur wenig, der war erst kürzlich hier angekommen, dafür war sie über Kindler von Knobloch, den Kommandanten von La Jarilla, im Bilde.

Sie berichtete uns: Vor seiner Ausweisung aus Alicante, wo »KvK« bis Herbst 1936 als Wahlkonsul und Agent Admiral Canaris' beschäftigt, wo im Kastell Primo de Rivera inhaftiert war, angeklagt des Hoch- und Landesverrats, war der Mann bei den heimlichen Versuchen aufgefallen, den Falange-Führer freizupressen. Man trieb ein doppeltes Spiel: Auf offizieller Ebene machte der deutsche Botschafter dem örtlichen Zivilgouverneur das Angebot, den Chef der spanischen Faschisten über das Rote Kreuz gegen den Chef der deutschen Kommunisten, Thälmann, auszutauschen, der ein persönlicher KZ-Gefangener Hitlers war. Andernfalls könnte dem KZ-Häftling Schlimmeres zustoßen. Nachdruck wurde dem Angebot durch Einheiten der deutschen Kriegsflotte verliehen, darunter das Panzerschiff »Admiral Scheer«, die ständig vor Alicantes Hafenbucht kreuzten – amtlich im Auftrag des Non-Intervention-Committees zur Überwachung des vermeintlichen Waffenembargos ...

Was Berlin, nebenbei gesagt, von der Bedeutung des NIC-Embargos hielt, gab der Staatssekretär im Außenamt, Weizsäcker, scharfsichtig bereits im ersten Kriegsjahr zu Protokoll: »Die bisherigen Grundlagen, nämlich die Scheinabsperrung Spaniens von fremder militärischer Hilfe, gaben Weißspanien (der Francopartei) hinreichende Erfolgsaussichten.«

Ebenfalls im ersten Kriegsjahr beschoss derselbe Verband um die »Admiral Scheer« aus sieben Seemeilen Entfernung die Stadt Almería , Alicante benachbart, bei Sonnenaufgang mit zweihundertfünfunddreißig Granaten, tötete viele Menschen und zerstörte drei Dutzend Häuser.

Das Rote Kreuz entzog sich dem vorgeschlagenen politischen Menschenhandel, dem scheinhumanitären Schacher. Überdies lag die wirkliche Entscheidungsgewalt über Primos Leben in Alicante, in den Händen seiner Bewacher, in den dortigen Ausschüssen der Anarcho-Syndikalisten. Sie hatten bereits eine Falange-Kompanie erledigt, die auf Primos Gefängnis marschiert war. Konsul Knobloch aber wollte die Anarchisten mit einer Million Pesetas auf die Probe stellen – er wurde angeschossen und konnte sich auf das Torpedoboot »Iltis« retten.

Die deutsche Botschaft reagierte entsprechend, stellte eine Million Dollar Lösegeld in Aussicht und Kindler von Knobloch machte unverdrossen weiter, diesmal im Verein mit dem Handelskammerpräsidenten von Alicante und vorsichtshalber nicht an Land, vielmehr an Bord der Kriegsmarine. Indessen schaltete sich General Franco persönlich in die Angelegenheit ein, ließ keine besondere Eile erkennen, sondern verlangte ausdrücklich, den Preis für Primo herunterzuhandeln und den übereifrigen Knobloch nach Sevilla zu schicken. Vier Wochen darauf wurde Primo hingerichtet – und Franco besaß seinen Märtyrer.

7.

Wir malten uns aus: »Kindler von Knobloch befreit Primo de Rivera« – der naive Ehrgeiz eines kleinen Nazis, eines deutschspanischen Krämers, wie er dem Einstieg ins politische Weltgeschäft nachhängt, bestärkt durch einen gewissen Fanatismus. »Dabei haben wir ein Sprichwort hierzulande«, sagte unsere Frau am Steuer, »Ehre und Geld passen schlecht in einen Sack.«

Das war nicht alles. Nach Calvo Sotelo – ein reaktionärer Monarchist, pünktlich vor dem Putsch erschossen – war der Kriegspartei Francos mit Primo ein zweites prominentes, wenn nicht charismatisches Opfer zugefallen, nunmehr beide auch im Tode vereint, »viva la muerte!«, und ihre Erben, Karlisten und Falangisten, folglich bald in die Einheitspartei gezwungen. Im Leben wären Calvo und Primo zwangsläufig zu politischen Konkurrenten Francos geworden, womöglich zu Rivalen.

»Märtyrer« – konnten sie dem spanischen Volk etwa nichts bedeuten, nachdem Pius XII. höchstselbst von einem »Kampf zwischen Christus und Lenin« gesprochen hatte? Und Primo sprach vor seiner Verhaftung: »Unsere Pflicht ist es also, mit allen sich daraus ergebenden Konsequenzen, auf den Bürgerkrieg zuzugehen.«

Gesagt, getan, und das nächstbeste Todesopfer der Falange war ein Polizist. »Dass Spanien fortbesteht«, schrieb Primo vor dem Putsch an die Generäle, »hängt von euch ab.« Ein Kassiber aus seinem Gefängnis; kein Wort von Christus oder Lenin darin.

Was Staatsraison in einer Diktatur heißt, ein Parteiprogramm darin wert ist, darüber konnte sich Kindler von Knobloch jetzt im Falange-Lager bei Sevilla von SA-Major Dr. Dirlewanger belehren lassen: über die Umerziehung und Gleichschaltung von idealistischen Parteimilizen zu gehorsamen Militärnationalisten. Etwa über das Los der deutschen Sozialfaschisten um Röhm und Strasser im Dritten Reich, ohne Gerichtsurteil »in Staatsnotwehr« liquidiert, von der Wehrmachtführung, seinerzeit noch Reichswehr, als Rivalen gefürchtet. Der alten Falange erging es nun dank Primos Tod ähnlich. Auch ihn, nicht das erste und nicht das letzte Opfer, musste Franco fortan vertreten oder ersetzen, um für die Zukunft »generöse Unternehmer und patriotische Arbeiter« als Partner zu erfinden.

Ebenso unscheinbar wie ungreifbar wirkend, sollte der Caudillo nicht bloß die beiden wichtigsten verbündeten Parteiführer, Calvo und Primo, überleben, sondern obendrein noch die beiden führenden Putsch-Generäle, Mola und Sanjurjo, um sich in deren schillerndem Angedenken zu spiegeln. Eine bunte Personalunion. Da empfahl es sich, das eigene Profil ein wenig zu verwischen, vorerst nicht großartig aufzutrumpfen, andere für die eigene Herrlichkeit arbeiten zu lassen: Macht mir den König!

Das wirkte über die Legion Condor samt Seestreitkräften bis nach Berlin. Geheimdienstadmiral Canaris, der allein während des Putschistenkrieges mindestens ein halbes Dutzend Mal nach Salamanca reiste, Schlapphut und Mantelkragen wie im Film, hatte Bruder Franco stets vor Augen – als Foto auf dem Schreibtisch. Man kannte sich lange genug. Ein Handelsreisender der Militärverschwörung, Félix Maiz, sollte schließlich bezeugen, Canaris sei »vom ersten Augenblick an« um die Bewaffnung des Putsches im Verein mit der NS-Zelle in Spanien bemüht gewesen.

Der Ton schlug um. »Der Teufel möge auf ihren Gräbern tanzen!«, rief Marisol, die Ärztin an unserer Seite, nachdem alles gesagt war zu Kindler von Knobloch und Konsorten. Das war das berühmt-berüchtigte »Salz« in der Sprache der Andalusierin, el sal de la graciosa. Dann fragte sie uns nach Dirlewanger. »Ein Mann mit Blutgeruch«, stimmte ich ein. »Seit der Schlacht um Verdun ein verrohter Gewalttäter in großem Stil, damit seit über zwanzig Jahren hemmungslos, ob gegen Soldaten oder Zivilisten Männer oder Frauen, in einem blinden Blutrausch ...«

»Wir kennen das hier seit unseren Kolonialkriegen«, meinte sie dazu. »Zuletzt das Desaster in Marokko. Das sind Verbrecher in Uniform, und darunter tragen sie einen Abgrund mit sich herum, eine tiefe Finsternis, der sie nie wieder entkommen. Sie fallen immer wieder zurück.«

Christopher Simpson nickte beifällig bei jedem Wort, zugleich reichte er ihr seine silberne Taschenflasche, was bei ihm keine Selbstverständlichkeit war.

Wir hielten kurz an einem Straßendorf, das ausgestorben schien. Am Abwässergraben lagen zwei Skelette, unbekleidet, unbeerdigt, nur das Gras wuchs ihnen aus den Rippen. Dazu war nichts mehr zu sagen. Schweigend fuhren wir weiter, wohl wissend, dass wir im Bereich des Unverständlichen, des Unsagbaren zu leben hatten. Der Faden war gerissen.

Unsere neue Begleiterin wollte es darauf nicht beruhen lassen. Später, unweit von Sevilla, kam sie auf die Killer in Uniform, egal welcher Herkunft, zurück, um sie jenen einfachen, unter Zwang einberufenen Fußsoldaten gegenüberzustellen, die meist nicht wussten, wie ihnen geschah, und die im Krieg trotz alledem versuchten, sich einigen Anstand als äußeres Gewissen zu erhalten.

»Was will man«, beharrte sie. »Das ist nicht von vornherein ausgeschlossen, sofern es um die Verteidigung einer vom Volk anerkannten guten Sache gehe, wie jetzt um den Schutz der Republik.« Das sei allerdings auch für die spanischen Zeitgenossen eine neue Erfahrung, das große Freiheitsversprechen.

Marisol machte uns mit den Gedanken einer bewunderten Freundin, der Philosophin Maria Zambrano, bekannt: »Es ist das Einzige, was uns bleibt, das einzige Lebendige unter der Zerstörung der Gesellschaft und dem Zusammenbruch des Staates ... Uns bleibt nur noch das Mädchen in Leinenschuhen und Perkalrock oder der kleine geduldig-zähe Soldat, der zuerst in Kuba und dann in Afrika ruhmlos Hunger und Durst erträgt; der Soldat in seiner armseligen, gestreiften Uniform, den wir noch aus unserer Kindheit kennen – ein unvergesslicher, bitterer Anblick –, wie er von den Niederlagen in Afrika zurückkehrte, während die Königin und die Infantin Isabella dem General, der die Ehre der Krone verteidigt hatte, Geschenke überreichten. Wir hatten nur noch, das Volk, seinen unbestechlichen Willen ...«

Ich versuchte, als ich davon hörte, nicht an meine eigenen Landsleute zu denken, an unsere verfluchte Hitlerei. Dabei trennte uns nur noch eine kurze Weile von der Begegnung mit Dirlewanger.

***

Wir rollten langsamer, vorsichtiger. Der Raum, die weite andalusische Etappe des Kriegsregimes, wollten ihre Zeit und Umsicht, unsere ganze Aufmerksamkeit. Hier unten, hier draußen, am Rande eines Tieflandes mit sparsamer

Zivilisation und teilweise noch mystisch-gewaltbereiten Bräuchen, fühlten wir uns zum ersten Mal wie ausgesetzt, erinnerten wir uns nur noch schwach unserer großstädtischen Gewohnheiten, einer gewissen Lässigkeit, jetzt ersetzt durch nervöse Einbildungen oder furchtsame Wahrnehmungen.

Marisol schien unsere heimliche Aufregung zu spüren. »Hier Mord und Totschlag zu erwarten«, sagte sie kalt, »habt ihr tatsächlich Grund genug. Sevilla, Granada, Córdoba und Umgebung sind militärisch zwar fest in Hand der Generäle, doch nicht der politische Widerstand; die Anschläge und Verhaftungswellen lassen nicht nach, gegen alle Dementis, und damit gut.«

In der Stunde vor Mitternacht erreichten wir La Jarilla, die Falange-Kaserne, an den Grenzen der Bannmeile um das Heerlager Sevilla, eingeschlossen in einen mondbeschienenen Horizont. Die flachen Bauten verloren sich darin wie die Regenwolken über uns. Im Schritttempo glitten wir näher, blendeten die Scheinwerfer einmal kurz auf, aber die hüttenartigen Bauten blickten nicht auf uns zurück. Hinter den Stacheldrahtverhauen herrschten Dunkelheit und Stille, wie von unsichtbaren Mächten verordnet. Wo wir hinsahen, alles gähnte uns schwarz an.

Allein am Ende der Auffahrt lungerten an einem Schlagbaum zwei Schatten herum, zwei trübe Gestalten in Uniform, wenn wir genauer hinsahen. Marisol bremste, Abstand haltend, und griff unversehens in ihre rechte Manteltasche ... Einer der Posten kam zu uns heran, nach seinen Kennzeichen ein Unterführer, und rief: »Sperrgelände! Verboten!« Zeigte auf ein großes, weißes Schild und fragte, ob wir lesen könnten, ja? Und fragte weiter, was wir also vorzubringen hätten. Wir brachten daraufhin vor, dass wir die deutschen Offiziere zu sprechen wünschten. Wie wir uns das dächten, parierte der Posten, mitten in der Nacht? Verdächtige Sache! Deutsche oder Engländer?

Simpson reichte ihm einen eindrucksvollen Pass hinaus und seine Nachbarin schob eine Packung Zigaretten hinterher, feine Orient mit Goldmundstück. Der Unterführer, fünfzig Pesetas Monatssold, salutierte flüchtig und wurde gesprächiger: Leider sei niemand zuhause ... In der Kaserne habe es Reibereien wegen des neuen Parteikurses gegeben, genauer gesagt, wegen der Degradierung der alten Primo-Kader in Salamanca, worauf die Kommandanten entschieden hätten, mit allen Mannschaften zu einer Nachtübung auszurücken – das wirke Wunder in solchen Fällen, zumindest beruhigend ... Eine nächtliche Razzia im Rotlichtviertel von Sevilla, gleich neben Triana, der Arbeitervorstadt. »Auch rot, doch ohne Licht«, sagte er.

Wir entschieden uns umzukehren, sofort zurück nach Córdoba zu fahren. Nach Sevilla waren jetzt sämtliche Zugänge gesperrt, die Kontrollen dort allzu riskant, besonders für uns. Wir waren am toten Punkt, was Simpson mit einiger Erleichterung aufzunehmen schien. Er wechselte mit Marisol die Plätze und chauffierte selbst. Wieder nahm sie einen Schluck aus seiner Flasche und zündete ihm unterwegs die Zigaretten am, wohlriechende Navy's Cut. Und Dirlewanger schien plötzlich vergessen ... Irgendwann begann sie leise zu singen, den Kopf an seine Schulter gelehnt, und schlief dabei ein.

»García Lorca«, murmelte Simpson und wiederholte die letzten Zeilen des Liedes vom Leben einer Blume:

> Wenn dann der Tag dahinsinkt
> in des Meeres Dämmerveilchen
> wird sie weiß wie eine Wange,
> fängt an sich zu entblättern.

Das Wort vom »veilchenblauen Meer«, wusste mein englischer Magister, habe schon ein Cervantes vom Homer übernommen – und García Lorca nun überliefert, Federico, unser letzter tragischer Dichterheld, im Leben wie im Tod. Mit ihm habe die Seele Spaniens ihre Reinheit verloren.

In seiner Heimatstadt Granada war der Dichter und Dramatiker vier Wochen nach dem Militärputsch auf Geheiß eines Abgeordneten der Rechten verhaftet und von Falangisten im Flussbett des Monachil erschossen worden, wo er sein eigenes Grab ausheben musste. Politisch im parteilichen Sinne war er niemals offen aufgetreten, eher einer ästhetischen, libertären Linken nahe, wie seine Bühnenfiguren fest bis ans Ende des Weges, ihr Fähnlein nicht flatternd je nach Richtung des Windes – nur verkannten die Mörder nicht das Kulturbild in »Bernarda Albas Haus«, seine Klage gegen die Verbannung der neuen Zeit aus Spanien: »Wir tun, als ob wir Türen und Fenster mit Ziegeln vermauert hätten.«

Ein Mord, der typisch war – hinter jedem Schützen der Falange stand, besser: steckte ein Deputierter der völkischen Rechten. »Und ein beispielloser Mord«, fand Simpson. Vergleichbar nur, wenn etwa ein Rilke von Freikorps umgebracht worden wäre, nachdem er in München ein Treffen von Räterevolutionären besucht und sich notiert hatte: »... so wichtig wars und so über alles gegenwärtig klar, dass die Dinge gesagt werden konnten, die endlich an der Reihe sind ... Solche Momente sind wunderbar, und wie hat man sie gerade in Deutschland entbehren müssen ... Man kann nicht anders als zugeben, dass die Zeit recht hat, wenn sie große Schritte zu machen sucht.«

München, die deutsche Revolution der klugen Köpfe, der neuen Dichter und Denker – bald war sie demselben Militärterror begegnet wie jetzt die Demokratie in Madrid: Kurt Eisner, Gustav Landauer, Erich Mühsam, Ernst Toller – nur letzterer, geflüchtet bis nach New York, hatte nicht mit dem Leben bezahlen müssen. Toller, der Dramatiker und Pazifist, für Hitler »der Novemberverbrecher«, wird demnächst ins belagerte Madrid fliegen, hinter sich einen geplanten Lebensmittelfonds von fünfzig Millionen Dollar für die hungernde Bevölkerung, auch unterstützt von Präsident Roosevelt. In Berlin von Streichers »Angriff« als »Tollers Schnorr GmbH« bezeichnet.

Nicht bloß die Dirlewangers der Legion Condor, die Freikorps-Söldner der deutschen Gegenrevolution, setzten nun auf spanischem Boden ihren früheren, heimatlichen Bürgerkrieg fort in Form eines Weltbürgerkrieges in den Grenzen eines fremden, vorbestimmten Landes. Allein die Kämpfer der republikanischen Internationalen Brigaden kamen aus über sechzig Ländern. Toller, ein begehrter Redner auf Massenversammlungen, sollte in Madrid und Barcelona zu ihnen sprechen – und er wusste, wovon er sprach. Schon 1930, knapp zweieinhalb Jahre vor Hitlers Machtmandat, hatte er gewarnt: »Es ist an der Zeit, gefährliche Illusionen zu zerstören. Nicht nur Demokraten, auch Sozialisten und Kommunisten neigen zu der Ansicht, man solle Hitler regieren lassen, dann werde er am ehesten ›abwirtschaften‹. Dabei vergessen sie, dass die nationalsozialistische Partei gekennzeichnet ist durch ihren Willen zur Macht und zur Machtbehauptung.«

Wenn nicht eine Einheitsfront der Gewerkschaften, so hatte der parteilose Realpolitiker 1930 gefordert, unverzüglich zum Entscheidungskampf antrete, stünde Europa vor »einer faschistischen Periode des vorläufigen Untergangs sozialer, politischer und geistiger Freiheit, deren Ablösung nur im Gefolge grauenvoller, blutiger Wirren und Kriege zu erwarten ist ... Die Uhr zeigt eine Minute vor zwölf.« Ganz offensichtlich aber hatte Toller, dem schmächtigen Mann von der Volksbühne, niemand zugehört. Im selben Jahr erhielt die braune Partei die zweitmeisten Stimmen, sechs Millionen.

Wie musste Toller jetzt zumute sein, da er zwar im fernen Spanien gehört worden war, nicht aber im eigenen Land? Dort hatten die Spitzenmänner der Linksparteien und Gewerkschaften wie schon 1918/19 wieder einmal die Stunde der Wahrheit verschlafen – »Fünf Uhr nachmittags«, wie sie García Lorca für Spanien geprägt hatte – immer wenn es in der Arena um Leben und Tod ging, im ganzen Land unerschrocken angesichts großer Gefahr, die Massen im Rund in gespannter Aufmerksamkeit. Nichts im Ungewissen suchend, was unter ihren Augen vorging. Nicht zwischen künstlich inszenierten Katastrophen und

Komödien hin- und hergerissen, bis sie endlich leichenblass erwachten, zu spät.

So kämpfen wir wieder nur Schlachten, die längst verloren waren, dachte ich auf dem Rückweg nach Córdoba, schon die Unabsehbarkeit des nächsten Tages im Sinn. Absehbar waren vielmehr die kommenden Monate und Jahre – Toller hatte sie allzu deutlich vorgezeichnet. Was taten wir hier? Was blieb uns noch zu tun? Spaniens Republik allein, selbst vielfältig gebrochen in ihrer Einheit, war sie nicht viel zu schwach, gegen die geballte faschistische Macht auf dem Kontinent zu obsiegen? Sich selbst überlassen von den westlichen Demokratien, die ihr schönes Freiheitsversprechen zwar entschieden gegen den fernen Stalin ausspielten, nicht aber gegen den nahen Hitler und Mussolini – bis sie eines Tages dafür bestraft würden. Von Bombern und U-Booten, die vorerst in Spanien, hinter den Bergen übten, geschützt vom Nonsens der Geschichte.

8.

Simpson überließ mir anderntags die nächsten Schritte, die Planung zur Ergreifung Dirlewangers in Córdoba, sobald er hier eintraf. Wir hatten nichts dagegen einzuwenden, Paco, Rámon und ich. Simpson hatte sich auf sein Hotelzimmer zurückgezogen, allein mit Marisol. Wie die Verliebten von zwei Tagen gaben sie sich nun ihrer sinnliche Liebe hin. Ich hätte es an seiner Stelle nicht anders getan, hätte vielleicht ebenso darauf beharrt, gegen einige Lehren des Lebens, gegen die Verantwortung für meinesgleichen, in diesem unmöglichen Krieg ein flüchtiges, privates Glück zu suchen. Das musste man sich nicht auch noch nehmen lassen, und wenn es trügerisch war, das Liebesspiel zwischen Unschuld und Erfahrung, eine Sackgasse von vornherein in diesem Fall.

Inzwischen plante ich mit den anderen Gefährten einen Mord, wenn auch an einem Kriegsverbrecher, und tauschte die schweren Velourvorhänge, das Edelholzparkett und Hirschledermobilar, die Maskerade des Hotels inmitten eines landesweiten Zerstörungswerkes, gegen das bescheidene Haus von Rámons abwesenden Schwestern, gelegen in der Vorstadt am anderen Flussufer. Auch ein Wechselfall der Küche, Tortilla statt Langusten.

Es war Abend. Rámon, der Militärpolizist, blieb verschlossen wie üblich.

»Am besten«, schlug Paco vor, »wir fischen uns einen zweiten Mann aus der Reihe hinter dem ›Doktor‹ ...«

»Und dann?«

»Ganz einfach, Alberto. Wir wissen nicht, wo er sich aufhält, wenn er abends in die Stadt geht. Wir brauchen also einen Mann aus seiner Nähe, der es weiß.«

»Ich verstehe, und dann?«

»Im richtigen Moment greifen wir uns diesen zweiten Mann, und Sie sagen ihm, Sie würden den ›Doktor‹ von früher kennen, wüssten aber nicht, wo Sie ihn abends außerhalb der Kaserne antreffen könnten, ungestört ...«

»Und weiter?«

»Sie schicken den zweiten Mann zu ihm in die Stadt, doch nicht bloß mit einem schönen Gruß, sowas verfängt nicht, sondern mit einem hübschen Geschenk oder versiegelten Brief, das hat etwas Verbindliches ... Nebst Bakschisch.«

»Und ein anderer von uns folgt dem Kurier unauffällig?«

»Richtig, Alberto. So kommen wir an den ›Doktor‹ heran. So können wir ihn uns dort vornehmen, schätze ich, wo er am wenigsten sicher ist – in den Armen einer Dame, wetten? In einer Nacht zum Sonntag ...«

»Salud!«, meldete sich Rámon und ließ den Weinkrug umgehen, den roten Valdepeñas. »Auf diese Weise wollten wir es versuchen, zunächst.« Bis dahin fehlten noch zwei Tage.

***

Ich besichtigte die Stadt, ihre Märkte und Museen, verbrachte zwei Nachmittage im kühlen Halblicht der Mezquita, der einstigen Moschee, gelangte vom Palmentor zum Orangenhof und wanderte stundenlang unter ihren hohen, freistehenden, fast tausend Säulen, ein paar Dutzend weniger seit dem Einbau einer Kathedrale, seit Austreibung der maurischen Nation. Schritt für Schritt wechselte der Ausblick auf die Säulentunnel, überwölbt von den fliehenden, endlos gestaffelten, rot-weißen Steinbögen, von Säule zu Säule gespannt. Die Arkaden von Jaspis führten tief ins Tiefe – eine Vision des paradiesischen Jenseits, den Gläubigen zur Hoffnung, zum Traum. Der Gesichtskreis war von einem Wunderwerk umstellt, einer geometrischen Illusionsordnung, die alles und nichts versprach, einen Durchblick in die Ewigkeit.

Am zweiten Nachmittag stieß ich hier auf Simpson, wieder allein. Tief ins Vergangene versunken, wie alles um uns her, bestätigte er mir, heute stünde hier jede dieser Säulen für ein Jahr, das seit dem Ursprung des Bauwerkes vergangen sei, insgesamt für ein Jahrtausend. Und auf halbem Wege dieser Zeit, da die Mitte der Mezquita von der Kathedrale besetzt wurde, flankiert von einem inneren Kreuzzug ohne moralische Intelligenz, habe sich Cervantes der Vertriebenen angenommen, in Gestalt des heimlich heimgekehrten Mauren Ricote: »Wo wir auch sind, beweinen wir Spanien; denn hier wurden wir doch geboren ...« In der Moschee aber, da beteten nun andere.

»Und heute?«, meinte Simpson bitter. »Wieder im Glaubenskrieg, wieder ein paar Jahrhunderte später ohne Reformation, ohne Aufklärung? Würde es den Republikanern in Spanien, wie bereits in Guernica und Malaga und Badajoz, nicht bald ähnlich ergehen wie einst den Mauren und Juden? Wie in Zeiten der Reconquista und Inquisition? Selbst ein Getreuer des Königs, Don Juan d'Austria, hatte den Zug der Vertriebenen auf der Landstraße als seinen ›größten Kummer‹ beschrieben: ›Es war der traurigste Anblick der Welt; denn in der Stunde des Abmarsches gab es so viel Regen, Wind und Schnee, dass die armen Leute sich voller Klagen gegenseitig stützen mussten.‹«

Angesichts der Finsternis einer solchen Tradition, eines mythischen Hasses gegen Andersgläubige, eines National-katholizismus, fragten wir uns: War es noch verständlich, wenn im Hinblick auf die barbarischen Massaker an Prie-stern infolge des Militärputschs, die Kirche hatte Tausen-de von Toten zu beklagen, der Primas Kardinal Gomá, seit Kriegsbeginn zugleich Francos Mann beim Vatikan, den »christlich-spanischen Sinn des Krieges« beschwor und zu-dem behauptete, die Einwohner Guernicas selbst hätten ihre Häuser in Brand gesteckt? Wenn er verkündete: »Der Friede kann nur durch den Sieg der Waffen erreicht wer-den«? Wenn der »Osservatore Romano« dessen Guernica-Lüge nachdruckte? Wenn schließlich der persönliche Papst-segen an »General Franco und alle (sic!), die mit ihm für die Ehre Gottes und die Rettung Spaniens kämpfen« erging?

Bekanntlich hielt sich auch Hitler für gottesgläubig, aber wer gedachte jener vierzehn baskischen Priester, die auf Francos Befehl standrechtlich erschossen wurden – da-rauf gab es keine Antwort. Wie beliebig, weil gebunden, doch der Umgang mit heiligen Werten!

Bis zum Stichtag hatten Paco und Rámon den passenden Mann ausfindig gemacht, einen Offiziersburschen, der Dirlewangers Stiefel sauber hielt. Er trug das blaue Hemd und die rote Mütze der Falangisten. Kaum achtzehnjährig, trug er die Kluft wie zum Beweis seiner Reife und Nütz-lichkeit. Luis, ein schmalgliedriger, flinker, aufgeweckter Junge, war in dem Alter, da sein heutiger Vorgesetzter einst als Freiwilliger mit seinem schwäbischen Regiment in einen Weltkrieg gezogen war. Und mit Eifer war der Junge zur Stelle, mir seine Dienste anzubieten, einem »altbekannten Landsmann« seines Oberleutnants Dirlewanger.

9.

Wir hatten nach Pacos Plan gehandelt und den Jungen abends vor dem Kasernentor abgefangen, nach der retre-ta, dem Zapfenstreich, da die Soldaten Ausgang bis zum

Sonntagmorgen bekamen, Ausgang zu ihren Lieben. Ich übergab dem freundlichen Boten einen Brief, vermeintlich eine »dringende Nachricht« enthaltend, dazu ein eingewickeltes Buch (Leutnant E. Jüngers »Feuer und Blut« konnte ich entbehren), und Rámon blieb ihm auf der Spur, Paco an meiner Seite. Simpson erwartete uns in der Innenstadt, Marisol dort irgendwo im Fluchtauto versteckt. Keine Frage, diesmal würde uns der Gesuchte kaum entgehen können. In meinem Brief – unterzeichnet mit A. Wagener, Kriegsberichterstatter – hatte ich ihn zum Nachtessen ins Hotel eingeladen; würde er dort nicht erscheinen, bliebe uns die Wahl, uns bei ihm einzuladen ... Rámon hatte seinen Aufenthaltsort aufgespürt, die Bierbar, die wir kannten, und ließ ihn nicht mehr aus den Augen, hin und wieder von Paco abgelöst. Wider Erwarten schien es uns gelungen, den Verfolgten kurzfristig einzukreisen.

Alle weiteren räumlichen Anordnungen waren uns wichtig. Im Speisesaal des Hotels, direkt neben den gläsernen Flügeltüren zum Innenhof mit Blick auf einen begrünten Springbrunnen waren bereits zwei benachbarte Tische für je zwei Personen reserviert; einer für unseren Gast und mich, der zweite für Simpson und seine Begleitung. Das Paar saß schon über der Suppenterrine, umringt von einer hundertköpfigen Abendgesellschaft in festlicher Aufmachung und Stimmung, da stand ich noch wartend an der Bar, im geliehenen weißen Smoking keine Ausnahme, und nippte am zweiten Wermut. Neben mir zwei andalusische Grazien mit ihren italienischen Kavalieren.

Auch Oberleutnant Dr. Dirlewanger erschien in weißer Ausgehuniform. Ein hagerer, aufgeschossener Mann mit ovalem, scharfkantigem Schädel, einem durchdringenden Blick, Augen wie kalte Glut, unter der schmal gebogenen Nase ein schwarzes, kleines Bärtchen, als müsste das so sein: »die Fliege unter der Nase«, wie der Führerspott ging. Er war offenbar ohne Eskorte gekommen, doch umgab ihn eine Atmosphäre tiefen Misstrauens, wenn nicht Ekels unter dem Eindruck eines fremden Luxus und Sprachgewirrs, das auf ihn eindrang.

Wir gingen nach einem Handschlag und zwei, drei Worten ohne Umschweife zu Tisch. Ich bot ihm, wie vorgesehen, den Sitzplatz an, der sich fast in Reichweite neben dem Marisols befand; damit saß er Simpson schräg und mir direkt gegenüber, ohne zu wissen, dass er mit mir unter mehr als vier Augen sprach. Wir einigten uns auf dasselbe Essen, denselben Wein, und sogleich wollte er von mir wissen, wo an der spanischen Front ich welchen deutschen Kommandeur bereits getroffen hätte und warum ich hier gerade mit ihm reden wollte, woher ich ihn überhaupt kennen würde.

Darauf war ich vorbereitet. Es kam mir nun darauf an, ihn meinerseits zu verblüffen, um seine Fragen zu umgehen.

»Erschrecken Sie nicht«, sagte ich. »Bis heute kenne ich erst die rotspanische Seite. Barcelona, Madrid, Valencia.«

»Kurz, ein Neutraler?«

»Genau. Im Besitz eines Schweizer Passes.«

»So gut wie eine kugelsichere Weste«, machte er den üblichen Scherz, wirkte ein wenig entspannter. »Klar, damit haben Sie einen kleinen Vorsprung. Egal, bald sind wir auch in Madrid ... was glauben Sie?«

»Im Moment sieht es nicht danach aus, Herr Oberleutnant. Man kennt das. In Berlin hieß es kurz nach Kriegsbeginn, an Weihnachten sind unsere Männer schon wieder zuhause, und jetzt haben wir Ostern, Ostern hinter uns.«

»Stimmt, ein Krieg braucht seine Zeit. Da geht es nicht nach Kalender oder Plan. Nein, da geht es zu, sagen wir, wie bei der Eroberung einer Jungfrau, oder?«

Dirlewanger war unvermerkt, wie einem inneren Zwang folgend, auf seine offene Wunde gestoßen, kaum hatte sich das Gespräch angelassen. Ich wechselte rasch das Thema, kam auf Sevilla und La Jarilla zu sprechen und erzählte ihm, dort vor der nächtlichen Rekrutenbaracke hätte ich zum ersten Mal seinen Namen gehört, von seinem Standort in Córdoba. Das war nicht einmal die halbe Wahrheit und er musste sie schlucken.

Marisol, die mir schräg gegenüber saß, war leicht zusammengezuckt, einen beinahe schmerzlichen Ausdruck im Blick, als Simpson ihr das Gehörte übersetzte – den Vergleich des Kriegsglücks mit »der Eroberung einer Jungfrau«. Dabei war sie vorgewarnt. Nachts auf der Fahrt nach Sevilla hatte er ihr von Dr. Dirlewanger und »Ausbilder Imker«, wie sein Deckname bei der Legion Condor war, gesprochen, von einer grausamen Karikatur auf Stevenson's »Strange Case of Dr. Jekyll and Mr. Hyde«.

In der Tat, das war nicht übermäßig übertrieben, was Dirlewangers Lebenslauf betraf: Kein Schulabbrecher, sondern ordentlicher Gymnasiast und freiwilliger Weltkrieger bis zum bitteren Ende; dann zielstrebiger Student und zugleich rücksichtsloser Freikorpsschütze (auch Waffenschieber); danach akademischer Rang und Titel bei Eintritt in die Hitlerpartei; Aufstieg zum kaufmännischen Betriebsleiter bei Veruntreuung zugunsten der SA-Kasse; selbstständiger Steuerberater und Landfriedensbruch als Sturmbannführer; schließlich Arbeitsamtsdirektor und Mädchenschänder, Zuchthäusler, Fremdenlegionär im spanischen Krieg – alles in allem der ehrbare Staatsbürger einerseits, das skrupellose Scheusal andererseits, doppeltes Geschöpf eines spätbürgerlichen Reiches, im Begriff, den ganzen Erdteil in einen rechtsfreien Raum zu verwandeln, zu verwüsten.

Dr. Dirlewanger und »Ausbilder Imker« ... War die eine Figur mit der anderen verschmolzen oder würde bald die eine gegen die andere zurücktreten? Letzteres war unter den Bedingungen des Krieges eher anzunehmen, viel stärker noch als unter Stevensons viktorianischen Lebensumständen; Dr. Jekyll: »In alten Zeiten mieteten Menschen Bravos, um ihre Verbrechen auszuführen, während ihr Ruf und ihre eigene Person in Sicherheit blieben. Ich war der erste, der dieses tat, um seinen Lüsten zu frönen.«

Auf dieses Phänomen hatte Simpson verwiesen, als er

Marisol erklärte, solange er in dem Unmenschen noch eine menschliche Spur entdecke, könne er Dirlewanger nicht ohne inneren Widerstreit töten, ihn nicht wie eine Bestie jagen. Aber sie hatte nicht darauf geantwortet, nur etwas rätselhaft gelächelt. Und ich konnte nur ahnen, was sie sich dachte ... dass nämlich der »Ausbilder« in Dirlewanger längst den »Doktor« abgetötet und zersetzt hatte, das wilde Tier den Menschen, dass der gemietete Bravo längst im eigenen inneren Auftrag handelte, ohne den Biedermann im Hintergrund. Der Mietmörder war sein eigener Herr geworden, im Grunde nicht anders als sein Parteiführer, sein Vorbild Hitler, nur der im Stil eines Staatsmannes, einst gefreiter Meldegänger und Politagent der Generalität.

Seine Uniform war von makellosem Weiß. Unter dem Kinn, wie die Spitze eines alten Lederschuhs geformt, prangte das Eiserne Kreuz, verdient vor der »Schmach von Versailles«, damals erst Anfang zwanzig und schon Leutnant. Danach kein depressiver Leerlauf wie bei so vielen Offizierskameraden, sondern Hochschulstudium, doch immer wieder unterbrochen durch Waffendienst in Freikorps, Niederschlagung von Streiks und Aufständen. Insgesamt Fronterlebnisse über alle Grenzen, deren Rückwirkungen nicht ausbleiben konnten, früher oder später ihren Preis einfordern würden. Irgendeine Störung oder Verzerrung der Wahrnehmung, des Bewusstseins, des Geistes endlich, anfänglich nur gewöhnliche Schlafstörungen im jahrelangen Schützengraben, im Granathagel, und eines Tages würde unser Held innerlich in tausend Stücke gehen. Nun, körperlich hatte man wenigstens überlebt, und das Leben ging ja weiter. Aber wie? Egal wie, man musste eben etwas daraus machen, darauf kam es an.

Dirlewanger schien gar nicht zu bemerken, wie er den Wein, nicht irgendeinen, in sich hineinschüttete, als wollte er in seiner Brust ein Feuer löschen. Es musste ein Flächenbrand sein, denn er blieb völlig nüchtern dabei, obwohl wir erst wenig im Magen hatten, nur eine Bouillon und Pastete. Allein über diesem Durst lag ein Hauch von Wahnsinn, und mich überfiel der Eindruck eines ratlosen Staunens. Mein Gast erinnerte sich inzwischen an Siege, nicht in Frankreich, vielmehr an Siege im deutschen Bürgerkrieg danach, an Siege über die Republikaner im eigenen Land.

»Über Spanien wollen wir schweigen, Herr Redakteur!«, sagte er. »Offiziell gibt es hier keine regulären deutschen Soldaten, wie Sie wissen.«

»Ja, alles nur Erfindungen einer deutschfeindlichen Presse.«

Der moderne Bravo, aufgestiegen zur Selbstherrschaft, rang sich ein ironisches Grinsen ab, als er antwortete: »Wieder andere Chronisten, die es besser wissen müssten, wollen sogar erkannt haben, hier fände gar kein Krieg statt, keine Schlacht, bloß eine spanische Tragödie ... Dabei werden allein auf unserer Seite täglich ein bis zwei Millionen Patronen verschossen! Das dürfte wohl reichen für einen regelrechten Krieg, meinen Sie nicht?«

»Feuilleton eben.«

»Metaphysisches dazu. Anderseits darf ich nicht jedem dieser Leute vorwerfen, sie drückten sich darum herum, die Natur des Krieges zu erforschen. Nicht jeder ist dafür geschaffen, den Tod im Feld zu nehmen, wie er ist.«

Wieder stimmte ich Dirlewanger zu.

»Danke übrigens für Ihr Buchgeschenk«, fuhr er fort. »›Feuer und Blut‹ – besser lässt es sich in drei Worten nicht sagen! Natürlich enthalten sie nicht alles, wenn ich an die tödliche Langeweile, an das ewige, entnervende Warten in unseren französischen Stellungen denke ... Aber lassen wir das! Die Jagd auf die Roten zuhause, der Kampf um jede Straße, jedes Haus, das entschädigte uns für alles, was vorher war beim Franzosen, mein Wort!«

»Ich verstehe. Mann gegen Mann, Auge in Auge ...«

»Nicht nur das, mein Herr! Gegen den Franzosen, das war ein Kampf unter Patrioten, nicht unter Partisanen, wie in der Heimat gegen die roten Verräter, da war man ganz fanatisch, da ging es um Vergeltung an den Schweinehunden, an den Spartakisten und Sozis, ohne Pardon!«

Der Lachs wurde serviert, der Wein gewechselt. Wieder leerte Dirlewanger die ersten zwei Gläser in einem Zug, noch immer ohne sichtbare Wirkung. Nur war seine anfängliche Anspannung unversehens in eine Fahrigkeit zu reden, zu agieren umgeschlagen, und der starre, stechend dunkle Blick begann zu irrlichtern, wie mir schien. Mehrmals wischte er mit dem Handrücken über die Augenpartien, stieß versehentlich zweimal gegen die unberührte, bunte Salatschüssel, unbewusst, als fühlte er sich von den frischen Farben behindert, ja bedroht. Dabei erzählte er mal stockend, mal überhastet vom Einzug seines »schwäbischen Panzerzuges« ins mitteldeutsche Aufstandsgebiet, 1921, mitten unter die bewaffneten anhaltinischen Grubenarbeiter – »unter die Bolschewiken um den tollen Max Hoelz« ... Dynamit und Brot für alle!

Was bedeutete ihm dieser Mann? Die Erinnerung an die blutigen Auseinandersetzungen mit diesem Gegenspieler, einem verzweifelten Abenteurer, musste Dirlewanger schwer beeindruckt oder belastet haben. In der nächsten halben Stunde bei Tisch kam er nicht mehr davon los, redete und redete wie ein Besessener von dem toten Hoelz, als wäre er mit dem fremden Feind durch ein dunkles Schicksal verbunden. Tatsächlich hatten sie zwei Jahrzehnte zuvor als Soldaten der geschlagenen deutschen Besatzungsarmee gemeinsam den Rückzug mitgemacht, ein schlimmes Erwachen nach langem Siegesrausch. Hoelz hatte in seinem späteren Prozess davon gesprochen:

»Ich hörte Schreien, und in acht Meter Entfernung brach ein Telefonist zusammen ... der achtzehn Jahre zählen mochte, aber wie ein Sechzigjähriger aussah ... Wir bemerkten, dass sein Unterschenkel nur noch an der Wickelgamasche hing. Der Verwundete schrie immerfort: ›Mutter! Mutter!‹ ... dass ich nicht wusste, was ich denken oder tun sollte ... In diesem Augenblick trifft meinen Kameraden, mit dem ich vier Jahre im Feld war, eine Granate und riss ihm das ganze Kreuz heraus. Er blieb noch fünfzehn Minuten am Leben ... Er schrie andauernd meinen

Namen. Dieser Anblick und die völlige Ohnmacht, nicht helfen zu können, haben mich so erschüttert, dass mich die Leute ... für geisteskrank hielten ... Ich geriet nun selbst mit meinem neuen Pferd, es war das Pferd meines erschossenen Kameraden, in den feindlichen Geschosshagel. Mein Pferd bäumt sich, überschlägt sich, ich gerate unter das Pferd und bleibe in dieser Stellung, vom Sturz betäubt, sechs Stunden lang liegen ... Ich bekam nun regelmäßig Angstzustände und wehrte mich mit den Fäusten gegen jeden Verbandswechsel. Daraufhin wurde ich ein Lazarett für Nervenkranke in Süddeutschland überwiesen ... Ich war dienstunfähig ... Es stellten sich derartige Kopfschmerzen ein, dass ich glaubte, wahnsinnig zu werden. Unter dieser Vorstellung beging ich den Selbstmordversuch ...«

Kaum nach Hause entlassen – der Landvermesser Hoelz in die sächsische, der Student Dirlewanger in die schwäbische Provinz – aber taten beide Männer das gleiche, ideologisch allerdings im entgegengesetzten Sinn, schlossen sich beide je einer radikalen Partei im deutschen Bürgerkrieg an ... und kamen mit den Gesetzen der jungen Republik in größten Konflikt. Besiegte alte Kameraden, diesmal aufeinander schießend. Nur Dirlewanger war jetzt noch am Leben, Hoelz dagegen nach seiner Haftentlassung bei einem zweifelhaften Badeunfall in Russland umgekommen. Eine Wasserleiche hinterließ keine Blutspuren.

Man konnte denken, was man wollte, es kam nichts dabei heraus. Kein vernünftiger Grund ließ sich denken, warum einer freiwillig und fortgesetzt, Dirlewanger wie Hoelz, die Schrecken der Schlacht, das Grauen des Krieges auf sich nahm, zumindest der eine dem fröhlichen Verein Christlicher Junger Männer entstammend. Das Gottvertrauen aufs Bajonett war gerade erst zerbrochen, da befand es sich schon auf der Suche nach dem nächsten Feind, ideologisch zugespitzt, und sei es der innere Feind, der nun den äußeren ersetzen musste. Was war den Männern zugestoßen!?

Kein Zweifel, der einfache Soldat war stets Täter und

Opfer zugleich, in der Regel nicht sein Kommandeur auf dem Feldhügel. Im Zweikampf gab es nur ein Du-oder-ich, keine andere Wahl. Da wurde eine Schwelle übertreten, eine Sperre, eine Enthemmung und Entgrenzung erzwungen, die im Laufe der Schlachten von Mal zu Mal wiederholt und damit technisch erleichtert, moralisch aber entlastet, mehr oder weniger zur Gewohnheit wurde. Gegenüber Dritten gab es kein Wort dafür, die Sprache war dafür nicht geschaffen, nirgendwo. Der Beteiligte schwieg davon, wohl wissend, dass dieses sein Erlebnis nur sinnlich erfahrbar war – vier Augen, vier Hände, nur ein gemeinsamer Wille zu töten, zu überleben.

»Ich kenne dazu nur einen Vergleich im normalen Leben«, sagte Dirlewanger, »nämlich die Ekstase der körperlichen Liebe ... Schockiert Sie das?«

»Keineswegs. Ich habe darauf gewartet, dass Sie das sagen würden.«

»Das freut mich. Nennen Sie es Erotik oder meinetwegen eine Droge, die vom Gebrauch, von der Gefahr einer Waffe ausgeht. Leute wie Sie, mein Herr, mögen sich mit Frankenstein im Film begnügen oder mit einem Mörder im Roman, platonisch gewissermaßen. Auf die eine oder andere Weise begeistert sich fast jeder für den Mord, nur nicht für den Mörder. Ich glaube, das macht unsere schwache menschliche Natur.«

»Sie meinen, für die Opfer begeistert sich niemand?«

»Auch das. Die werden bloß begraben mit einem Denkmal aus Stein, wohlgemerkt, aus Stein, was sonst. Die Opfer sind bloß der Staub, der aufgewirbelt wird, an Gedenktagen mit Kränzen und Ansprachen zugedeckt, widerwärtig das! Dabei tut jeder nur so, als hielte er die Opfer für Helden – das nenne ich die Heuchelei der Hinterbliebenen.«

Dirlewanger war mit einem faustdicken, halbrohen Filetsteak beschäftigt, als Marisol mir einen flehentlichen Blick zuwarf, aus tiefschwarzen Augen, als könnte sie das Gehörte nicht länger ertragen. Im selben Augenblick kreuzte sie ihr Obstbesteck, Messer und Gabel, zum

Schwerterzeichen – dachte sie etwa an ein schnelles Ende ...? Noch war es nicht so weit, meine Liebe.

Immerhin, ich lenkte unsere Unterhaltung nun auf ein anderes Gebiet, fragte Dirlewanger, wie er mit seiner anhaltend extremen Lebensführung fertig werden könne, nervlich und seelisch, nach über zwei Jahrzehnten fortdauerndem Krieg und Bürgerkrieg und wieder Krieg in einem fremden Land. Einsatz an einem unbekannten Ort, wo einer in reiferen Jahren erleben musste, wie Orientierung und Perspektive irgendwann von der Rückschau überlagert wurde. Der Mann war jetzt Anfang vierzig, bald die Hälfte davon Canaris' »soldatischem Nationalsozialismus« verschrieben, auf Gedeih und Verderb, der Ausdehnung einer »nationalen Revolution« über alle Grenzen, ihre Erhebung zur »Weltkultur«.

So fragte ich ihn, den Angehörigen einer Frontgeneration, den typischen frustrierten, wildgewordenen Kleinbürger, ob er denn gar nichts von jenem Holzaschen-Syndrom an sich verspüre – von wechselnden nachträglichen Erscheinungen wie Alptraum und Schlaflosigkeit, Niedergeschlagenheit und Tobsuchtsanfälle, Verfolgungsängste und Allmachtseinbildung, Weinkrämpfe und Euphorien. Die ganze Skala von Spätfolgen des einmal erlebten Grauens, der »Wollust des Blutes«, wie Leutnant Jünger das nannte, »das Leben in seiner vollen Gewalt«.

»Keine Sentimentalitäten, bitte!«, entgegnete Dr. Dirlewanger abweisend. »Ich gehöre der SS, auch hier in diesem verrückten Spanien. Ihre Fragerei, Herr Redakteur, geht ziemlich tief, läuft auf eine Gewissensfrage hinaus, und ist folglich falsch. Auch hier geht es nur darum, Macht über die Minderwertigkeit zu erringen, um sie auszuschalten, die Entscheidung über Leben und Tod nicht der Natur allein zu überlassen, auch nicht der lächerlichen Sehnsucht nach ein bisschen Glück im Dasein. ›Alles eitel, sprach der Prediger, alles eitel!‹ Nennen Sie das zynisch, und ich sehe mich bestätigt. Ich meine, es wäre albern, seine alten Wunden zu lecken. Was zählt, ist die nächste direkte, spontane

Aktion – der Weg, nicht das Ziel. Nur die Kunst zu kämpfen als solche zählt, die bedingungslose Hingabe daran. Zum Ruhm unserer Rasse! Eingreifen, mein Herr, in die Natur nachhelfend eingreifen!«

Es reichte, und alles lief wie vorgesehen. Marisol lehnte sich vom Nebentisch leicht herüber und bat Dirlewanger um Feuer, der sich sogleich erhob, nach wie vor in tadelloser Haltung, und seine Taschen nach Zündhölzern absuchte. Mit artigem Eifer, derselbe Mensch, eben noch im Rederausch, im Wahn voller Hass und Verachtung, feindlich gegen jede Konvention. Versagte das alles vor der Bitte um Feuer seitens der Schönen am Nachbartisch?

Ein Essen, aus Fisch und Fleisch zumal, war Vertrauenssache, mein Gast schien das vergessen zu haben. Ich beugte mich nach vorn, verdeckte die Tischplatte mit dem Oberkörper und griff nach der Weinflasche. Eine Prise löslichen Pulvers versank dabei in Dirlewangers Glas, ehe ich nachschenkte. Kein Mittel aus dem Giftschrank, bloß betäubend in Verbindung mit dem Genuss eines guten, alten Jahrgangs. Nach einer kurzen Weile würden wir den Mann, der allmählich das Bewusstsein verlor, in den Hof führen, von dort durch einen Hinterausgang auf die Straße, wo unser CD-Dodge auf ihn wartete. Und ein schnelles Boot am Flussufer.

Der festliche Nachtbetrieb im Hotelrestaurant sollte durch das plötzliche Unwohlsein eines einzelnen Gastes nicht gestört werden, niemand auf die Idee kommen, er hätte sich an der vorzüglichen Küche den Magen verdorben. Diskret und unauffällig würde sein Abgang verlaufen und bald könnten andere unsere Plätze einnehmen. Das gute Leben ging weiter, immer so weiter.

***

Das Erschreckende war, es handelte sich nicht um den Teufel; nein, es handelte sich um einen gewöhnlichen Menschen, dem man jederzeit hier oder dort begegnen konnte, überall in der Masse. Unser Freund Paco sagte es so: Das ist nicht der Teufel aus dem Bilderbuch, der im Takt klatscht, wenn die Nonne auf dem Tisch tanzt ... Er selbst ist ein Verführter und Getriebener! Verführt von seinen Trieben, die er niemals stillen kann, ständig in Aufruhr. Heutzutage eine ansteckende Geisteskrankheit ... eine Seuche!

Die Seuche aber war gesellschaftsfähig gemacht worden, politisch überhöht, war massenhaft zur quasi religiösen Weltanschauung erhoben worden – Nationalismus, Rassismus, Waffengewalt! In Frankfurt am Main, wo Dirlewanger 1922 zum Dr. rer. pol. und NS-Parteimitglied geworden war, hatte der Schweizer Kulturphilosoph Denis de Rougemont 1936 das Phänomen untersucht und beschrieben:

»Wenn der religiöse Hunger in diesen Massen erwacht, so geben sie sich womöglich mit den gröbsten Mitteln zufrieden ... Es gibt nichts anderes als Massen, die sich als solche empfinden ... Massen, die in einem jämmerlichen Gesang oder in einem Schrei mit sich selbst kommunizieren. Diese vagen und leidenschaftlichen Religionen sind indessen auf der Suche nach einer Lehre ... Das Christentum begründete eine offene Gesellschaft ... ›Die alten Dinge sind vorüber‹, sagt der heilige Paulus, ›es gibt keinen Juden und keinen Griechen mehr, und in der neuen Gemeinschaft bist du mein Bruder, wenn du meine Hoffnung teilst. Und du bist auch noch mein Bruder, wenn du sie ablehnst, weil ich für dich, meinen Feind, hoffe.‹ Aber der Nationalsozialismus hat den Typus einer Rückgriffgemeinschaft verwirklicht, die allein auf den überwundenen Dingen gründet: Blut, Rasse, Tradition, Tote.«

Die Vergangenheit soll den Weg in die Zukunft öffnen, und im Rückwärtsgang wird eine rote Ampel nach der anderen überfahren, der Gespensterfahrt aber sind keine Grenzen gesetzt. Allein der technische Fortschritt wird mitgenommen, um den geistig-sittlichen zu überrollen.

Nun waren die Dirlewangers nicht aus dem Nichts gekommen, gezeichnet vom Verlust im Weltkrieg wie vom

Gewinn im deutschen Bürgerkrieg danach, einer abenteuerlicher als der andere. Der große Krieg nach außen, Geburtshelfer der Republik, gefolgt vom kleinen Krieg nach innen, der die junge Demokratie schon in der Wiege ersticken sollte. Die Revolution, Weimar und Versailles auf einen Schlag, das war zu viel für einen Offizier, der sich um Sieg und Ruhm betrogen fühlte. Die halbe Welt war beteiligt gewesen, einen Generaloberst von Seeckt, Heereschef der neuen demokratischen Republik, zustande zu bringen, der schlicht erklärte: »Selbstverständlich holen wir uns alles wieder, was wir verloren haben.«

Zunächst die Macht im eigenen Land, etwa über eine Präsidialkandidatur, die Seeckt Hindenburg überließ. Und beide wussten, wie es dann weiter zu gehen hatte ... Schon ihr unglücklicher Kaiser hatte es ihnen 1905 ins Stammbuch geschrieben: »Die Hauptsache aber wäre, dass wir wegen unserer Sozialisten keinen Mann (vom Militär) aus dem Lande nehmen könnten ohne äußerste Gefahr für Leben und Besitz der Bürger. Erst die Sozialisten abschießen, köpfen und unschädlich machen – wenn nötig per Blutbad – und dann Krieg nach außen. Aber nicht vorher und nicht à tempo.«

Des Kaisers neue Sozialisten, wenn auch nicht alle, aber waren dem »Blutbad« im eigenen Land entkommen, bis auf weiteres zumindest, indem sie auf Geheiß ihrer Reichstagsfraktion zu achtundsiebzig gegen vierzehn Stimmen bei achtzehn Enthaltungen nicht in den Generalstreik marschierten, sondern in den angeblichen »Verteidigungskrieg«. Selbstmord aus Angst vor dem Tod? Einerlei, die Sozialisten waren somit, wie Wilhelm II. lobte, »nur noch Deutsche«. Für seinesgleichen war das mehr als genug.

Nur aufgeschoben, nicht aufgehoben, das »Blutbad« im eigenen Land: der Bürgerkrieg von Reichswehr und Freikorps gegen die sozialistische Arbeiterbewegung, nunmehr parteilich in Reformer und Revolutionäre gespalten, sollte die Gründerzeit der Republik erschüttern, ein ganzes Jahrfünft lang – die Gräber des Weltkrieges waren noch frisch, und wieder wurde zu Tausenden gestorben, mit oder ohne Kaiser, ob der Staatschef Militär war oder Zivilist.

Generaloberst von Fritsch, ab 1935 Nachfolger Seeckts als Oberbefehlshaber des Heeres unter Hitler, sollte das kaiserliche »Blutbad«-Thema eine Generation danach wieder aufnehmen und überdies dramatisch verschärfen, Rasse und Religion in die Machtpolitik einbeziehen, da er schrieb: »Bald nach dem Kriege kam ich zur Ansicht, dass 3 Schlachten siegreich zu schlagen seien, wenn Deutschland wieder mächtig werden sollte. 1. die Schlacht gegen die Arbeiterschaft, sie hat Hitler siegreich geschlagen. 2. gegen die katholische Kirche, besser gesagt gegen den Ultramontanismus u. 3. gegen die Juden. In diesem Kämpfen stehen wir noch mittendrin.«

Die anschauliche, deutliche Sprache des Herrschers von Gottes Gnaden war verblasst, die hoffnungslosen Feindbilder der feldgrauen Eminenzen im preußischen Staat aber wurden wie eine Stafette vom Kaiserreich über die Republik bis zur Diktatur weitergereicht, wenn nicht gleich einer Krankheit vererbt. Die Schreckensbilder vom Andersdenkenden oder Andersgläubigen. Doch gemach, das galt für die Staatsmänner in Uniform, von Seeckt bis Fritsch, nicht unbedingt außerhalb des eigenen Machtbereichs ...

Wie Fritsch heute die Junta des Nationalkatholizismus in Spanien über die Legion Condor heimlich, weil illegal mit Truppen, Panzern und Geschützen versorgte, so hatte er gestern noch, wie vor ihm Seeckt, ebenso heimlich in Russland die »jüdisch-bolschewistische« Armee aufgerüstet, Hand in Hand mit der schwarzen Reichswehr, die ihrerseits die Kampffliegerschule von Lipeck am Don betrieb, die Panzerschule von Kazan an der Kama, das Gastestgelände von Volsk bei Tomka an der Wolga. Und all das, was deutsche und russische Militärs dort im Manöver gemeinsam erlernt hatten zwischen 1924 und 1934, trugen sie auf spanischem Boden nun gegeneinander aus. Unter dem Vorwand eines regionalen Bürgerkrieges. Fritsch half Franco sogar mit seinem ersten Adjutanten aus.

»Feindbilder sind leicht austauschbar«, bemerkte Simpson dazu. »Man malt sie sich, wie man sie gerade braucht, und hängt sie ziemlich schief. Hauptsache, die eigene Macht erscheint geradegerückt, vor allem im rechten Licht. Das Bild vom Feind aber ist niemals er selbst, nicht wahr?«

Christopher Simpson war ein verständiger Mann, vielleicht nicht stark genug für unser Unternehmen. Tief beeindruckt wirkte er, als er von jenem Ereignis im Umkreis von Bilbao hörte, wo zwei abgeschossene deutsche Jagdflieger von der örtlichen Bevölkerung aufgegriffen, der eine auf der Stelle erschlagen, der zweite von russischen Soldaten gerettet werden konnte – womöglich kannte man sich noch aus früheren Jahren von gemeinsamen Flügen über die Steppen am Don.

»Da haben Sie's«, rief Simpson und zitierte aus dem »Bildnis« des Oscar Wilde: »A man cannot be too careful in the choice of his enemies.«

10.

Der Fall Dirlewanger alias »Ausbilder Imker« oder »Mr. Hyde« duldete keinen Vorbehalt; nicht den taktischen Vorbehalt, der Feind könnte morgen ein Verbündeter sein, der Verbündete ein Feind. Wenn einer wie er behauptete, man liebe den Mord, doch nicht den Mörder, so galt das mitnichten für seine Verbrechen, sie waren real und gewinnbringend geplant. Hätte Paulus für einen solchen Feind noch Hoffnung übrig?

Dass für die mörderischen Pläne nicht der Leutnant persönlich verantwortlich war, sondern alle höheren Befehlshaber, entschuldigte nicht deren gehorsame, brutale Ausführung, zumal wenn einer, der sich ausdrücklich zur Waffen-SS bekannte, solchen Befehlen weit vorausgriff, egal ob seine Opfer Krieger oder Kinder waren. Was also sollten wir mit unserem Gefangenen tun? Wie verfahren?

Betäubt und entwaffnet, gefesselt und geknebelt, bewacht von Paco und Rámon, hatten wir Dirlewanger im

Schutz der Nacht an Bord eines bereitliegenden Motorbootes gebracht. Es trug bereits die fingierten Kennzeichen der Legion Condor, wie wir inzwischen in deren Uniform gekleidet waren, unsere spanischen Kollegen in die der Fremdenlegion. Wir fuhren flussaufwärts, zurück in Richtung unserer Montoro-Garnison, zu der wir jetzt Funkkontakt hielten, kaum fünfzig Kilometer nordöstlich von Córdoba. Man erwartete uns dort, notfalls gefechtsbereit. Unser Gefangener lag versteckt unter Deck. Manolo, der Bootsmann, nutzte jede Tarnung, die der Nachthimmel und die Uferböschung ihm boten, unter seinen Augen ein schweres Maschinengewehr. Simpson und ich saßen geduckt auf Kisten im Bootsheck, betrachteten gespannt das leichte Wellenspiel auf dem Gesicht des dunklen Stromes, und bald blickten seine Augen schläfrig und schwer. In ihrem Glanz lag keine Freude, der Glanz war weg wie sein innerer Frieden. Er schien über unverstehbaren Dingen zu brüten, von den Vorgängen unserer Umwelt innerlich so weit entfernt wie räumlich von seinem Lehrstuhl an der Themse. Manchmal hob er den Kopf, musterte die steilen Ufer des Guadalquivir, die an uns vorüberglitten wie Kulissen eines Spuks oder Rätselstücks – anziehend, abstoßend, wild fluchend, dann wieder einschmeichelnd: Komm zu mir, berühre mich!

Bald passierten wir unbehelligt den ersten Kontrollposten, die schwarze Marmorbrücke bei Alcolea, bewacht von Mussolinis salutierenden Schwarzhemden (ansonsten dafür bekannt, ihre Gefangenen mit Rizinusöl abzufüllen) sowie von einem Trupp der Fremdenlegion Francos. Unter dem Fahnenmast vor einer Blechbaracke wurde die Nacht zum Sonntag gefeiert, der Tercio-Chor sang:

> Der Tod, nur der Tod als Legionär,
> ist eine freudige Hochzeit uns ...
> Ich bin der Bräutigam des Todes,
> fest vereint mit dieser treuen ...
> Viva la muerte!

Simpson nahm die Hände vom Rücken, hielt sich die Ohren zu. Böse Ironie! Er war in Córdoba in Unfrieden von Marisol geschieden, und ich war Zeuge ihres traurigen Streits geworden. Es war darum gegangen, was mit Dirlewanger zu geschehen habe. Marisol, ihr Vater Don Antonio, Paco und Rámon hatten für die Auslieferung des Gefangenen an unseren Auftraggeber in Madrid gestimmt, an den Militärgeheimdienst der Republik, Simpson als Leiter unseres Kommandos dagegen.

»In einen möglichen Schauprozeß nach Moskauer Muster will ich nicht hineingezogen werden, ganz unmöglich für mich.«

»Für solche Überlegungen ist es nun zu spät«, hatte ihm Marisol geantwortet. »Obendrein kann dich niemand zwingen, in Madrid öffentlich aufzutreten.«

»Aber die Agenten der Faschisten dort werden Indizien für meine Teilnahme an der Entführung finden und der Londoner Presse zuspielen, damit könnte ich mich in Cambridge verabschieden ...«

»Und andernfalls von mir!«, hatte sie kalt versetzt.

Bei dieser Auseinandersetzung war mir die Bemerkung jenes Hauptmannes eingefallen, der uns in der Burgruine von Montoro beherbergt und gelästert hatte, mit der Beteiligung einer Frau an der Männersache beginne unvermeidlich ein Roman ... Schlimmer, es war ein Melodram! Beide taten mir leid, und nachdem ich anfangs nicht mitgestimmt hatte, kam ich schließlich mit dem Vorschlag, Dirlewanger selbst vor die Wahl zu stellen: Auslieferung oder Erschießung ... Das Ergebnis? Diesmal stand ich allein – alle stimmten dagegen, außer Simpson, der sich enthielt. Marisol hätte ihre Zustimmung nur gegeben, falls er, Simpson selbst, der Mann, den sie liebte, bereit sei, bereit zu schießen. Nein, hatte er erwidert, das könne er nicht tun, einen wehrlosen Menschen töten, mein Vorschlag stelle den Gefangenen nicht vor eine echte Wahl ... Überhaupt, Kreaturen wie Dirlewanger seien klinische Fälle, von einem Todeswahn besessen, und gehörten in eine Anstalt, nicht verscharrt in unbekannte Erde. Es war augenscheinlich nicht Simpsons Krieg.

Für Marisol war das zu viel. Ob er denn nicht begreife, hatte sie ihn angeschrien, wie viele Leute womöglich am Leben blieben, wenn Dirlewanger, der Schande der Legion Condor in Spanien, vor aller Welt der Prozess gemacht würde, nein? Und was hätte die Sache der spanischen Republik eigentlich mit der Willkür in Moskau zu tun, wie? Nichts – oder fast nichts, war seine Antwort; doch leider kümmere das die zivilisierte Welt sehr wenig, jedenfalls weniger, was die Mächtigen angehe, als die Sorge, den Führer des Deutschen Reiches gnädig zu stimmen, den Krieg von Spanien nicht auf den Rest der Welt auszuweiten – womit die spanische Republik vielleicht gerettet wäre … doch um welchen Preis?

»Dahin wird es ohnehin kommen«, hatte Don Antonio seine Tochter in Schutz genommen. »Wie unser Krieg auch ausgeht, und das wissen Sie sehr gut, mein Herr. Dann aber wird alles umgekehrt als heute sein: Spanien, am Boden zerstört, zerstört in seiner Seele, wird mit Abstand auf den Krieg in der übrigen Welt schauen, wie diese heute unerschüttert auf unseren schaut, Menschen wie Sie beiseite. Buenas noches, Señores!«

Darauf waren Vater und Tochter in ihr großes, schwarzes, amerikanisches Auto gestiegen und davongefahren, zurück ins lärmende, nächtliche Córdoba, und niemand hatte gewunken, wie es sonst überall üblich war. Nicht aus der Luft gegriffen, klangen nur die Abschiedsworte des guten, alten Mannes nach, die Ausschau oder Voraussicht auf ein Stück Geschichte, das uns zum Greifen nahelag, unumgänglich offenbar.

Für Freund Simpson, die Wangen noch hohler unter der steilen Stirn, die Augen anscheinend in gegenstandsloser Trauer versunken, musste diese Stunde ganz unerträglich gewesen sein. Ich hatte ihn nur kurz alleingelassen, war ins Untere des Bootes gestiegen, um nach unseren Gefährten zu sehen, als er zu seiner Entscheidung fand … Zurück an Deck, sah ich seine Uniformjacke auf den Planken liegen, daneben seine Jagdwaffe – Simpson war verschwunden und mit ihm das Beiboot ... Wir hatten ihn hinter uns gelassen, flussabwärts; er hatte uns weiterziehen lassen. Anhalten? Umkehren? Ihn aufhalten? Nein, daran war jetzt nicht zu denken! Ich ging bloß zum Bug und schleuderte ihm die fremde Legionärsjacke hinterher, auch sein automatisches Gewehr mit Zielfernrohr. Alles verschwand im Schaum und Strudel.

Ich erwartete fast, dass die hohen Ufer, hier und da von Weinfeldern in Terrassen gelichtet, von einem dünnen Mond beschienen, widerhallen würden von einem höhnischen, gehässigen Gelächter. Doch woher sollte es kommen, unser Gefangener trug einen Knebel im Mund; die Augen verbunden, lag er unter Deck gefesselt auf dem Bauch. Ein Mann, für den der Krieg, sein Leben, bald vorbei sein würde, so oder so. Schon eingerollt in eine Plane. Und dennoch sollte das Hohngelächter aus seinem Munde kommen ...

Hinter uns tauchte wenig später ein greller, weißer Punkt auf, kam schnell näher, wurde größer und größer, ein starker Suchscheinwerfer von einem Verfolgerboot, und schon strahlte uns ein zweites Lichtbündel entgegen, vom Bug her. Die grüne, nächtliche Schlucht, der Strom selbst, erstrahlten allmählich unter einer fahlen, künstlichen Sonne. Zwei Kanonenboote des Tercio, der feindlichen Fremdenlegion, legten sich quer und keilten uns ein, alle Rohre auf unser Ruderhaus gerichtet.

Wir hätten nicht einmal feuern können. Simpson befand sich an Deck des Bootes hinter uns, aufrecht stehend an die Bugreling gekettet, vom Gürtel bis zu den Füßen mit Kot beschmiert – Rizinus, das sanfte Verhörmittel seiner Wächter hatte bereits gewirkt. Er sah nicht zu uns herüber, unter seine Würde hinabgestoßen in ein schwarzes Loch. In diesem schaurigen Augenblick erinnerte ich mich, wie er einmal gesagt hatte, er fürchte, nicht »geschichtsüchtig« zu sein. Und damit waren wir Freunde geworden, unter welchen Umständen auch immer, unabänderlich, nicht auf einen glücklichen oder unglücklichen Zufall gestellt.

Nachdem Oberleutnant Dr. Dirlewanger gesprochen hatte, wurden wir noch in derselben Nacht nach Sevilla gebracht, im Morgengrauen ins dortige Gefängnis eingeliefert. An einem Sonntagmorgen, da noch alles schlief. Die Haftzeit meiner Mitgefangenen war kurz – Paco, Taxifahrer aus Madrid, Rámon und Manolo, Polizist und Bootsmann aus Córdoba, wurden zum Tode verurteilt und starben unter fortgesetzten Verhören, Simpson als Angehöriger des Londoner Non Intervention Committees auf Druck seines Konsuls dem Roten Kreuz überstellt, ich der Gestapo-Niederlassung in Sevilla.

Im Verein mit kriegsgefangenen Deutschen, Mitgliedern der Internationalen Brigaden oder Deserteuren und anderen Straffälligen der Legion Condor, Freund und Feind in einer Zelle, fand ich mich schließlich im Bauch eines Gefängnisschiffes wieder, gechartert von der Reichskriegsmarine. Auf dem Seeweg zwischen Sevilla und Hamburg, genauer KZ Neuengamme bei Hamburg, hätte man sich gegenseitig viel zu sagen gehabt unter solchen Passagieren, doch ohne viel Hoffnung für Freund oder Feind, wie schon in der ersten Schlägerei klargestellt wurde. Die zweite oder dritte, ich erinnere mich nicht genau, nutzte ich zur Flucht, überwältigte einen Wärter und ging in seiner Uniform erst an Deck, dann über Bord. Dem Beispiel Christopher Simpsons zu folgen, war in dieser Lage das Beste, was ich tun konnte, flüchten, immerfort flüchten, flüchten, ohne sich umzusehen.

III. Teil

11.

Sechs Jahre sollten vergehen, der Kampf um Spanien war längst im Weltkrieg aufgegangen, als Simpson und ich Anfang 1943 auf getrennten Wegen ein gemeinsames Ziel erreichten, ein unvorhergesehenes Zusammentreffen an der afrikanischen Mittelmeerküste, in Tripolis. Wir lebten. Wir fielen uns in die Arme. Wir besaßen mehr als einen Grund zur Freude; er in britischer, ich in französischer Wüstenuniform, verstaubt, verschwitzt. Anders als zuvor in Spanien standen wir nun auf der siegreichen Seite – eben hatte Generalfeldmarschall Rommels Afrikakorps Tripolis aufgeben müssen, wie zeitgleich Generalfeldmarschall Paulus' 6. Armee Stalingrad. Nach dieser Wende, sagten wir uns, musste der Krieg auf seine Urheber zurückfallen, in der Festung Berlin rasch zu Ende gehen.

Auf der Lichtseite dieser Wahnsinnswelt zu leiden, zu sterben, war vermutlich leichter. Wir aber lebten! Überlebten unser spanisches Trauma, endlich vorwärts kämpfend, jetzt als Nachrichtenoffiziere, Simpson im Armeestab Montgomerys, ich in der Kolonne Leclerc, dank einer wundersamen Fügung, die Körper, Geist und Seele scheinbar unversehrt beisammen hielt, als könnte es nicht anders sein, sollten wir in einer Sternstunde dieses elenden Krieges erneut aufeinandertreffen, und nicht von ungefähr am Rande der Libyschen Wüste.

Im Schatten einer Hausruine, die ihm das Sonnensegel ersetzte, umgeben von Lehmgeröll und Ziegelschutt, verkohlten Balken und kleinen, weißen Staubwolken, hatte ich ihn sogleich erkannt – er hockte dort über einem Stapel Feldpostbriefen, war aufgesprungen, da ich ihn anrief – »Mr. Simpson, I presume ...« –, und mir entgegengestürzt, mehr lachend als weinend. Ein paar zerlumpte einheimische Kinder standen in der Nähe und vergnügten sich an uns, als hätten sie dafür bezahlt, die kleinen Bettler.

»Merkwürdig«, sagte er mit leiser, heiserer Stimme. »Eben las ich einen Brief von meiner Frau.«

»Wieso merkwürdig?«

»Du kennst sie ...«

»Nein! Marisol?«

»Die Geliebte, die Mitverschworene, die über Nacht Vertraute, sie, die so einfach und leicht zu mir gefunden hatte, war in jenen letzten Stunden in Córdoba zur Qual für mich geworden ... und ich für sie!«

»Was war es, was damals in dir versagt hat?«

»Das ist mir so rätselhaft geblieben wie einem Gläubigen der Tod, die Sehnsucht, ihn zu überwinden. Dirlewanger hätte ihn schon damals verdient.«

»Hat man von ihm gehört inzwischen?«

»Zu viel, verflucht! Die Polen im Londoner Exil berichten laufend von einem SS-Sonderbataillon Dirlewanger ... Das organisierte Kriegsverbrechen an der Ostfront! Egal, genug jetzt davon! Albert, wo kommst du her? Wie du aussiehst ... wie Albert von Arabien!«

***

Unter dem Leuchtturm von Faro, Fischer von der Algarve hatten mich aus dem Wasser gezogen, sah ich dem Gefängnisschiff der Wehrmacht hinterher, ohne Bedauern, erschöpft und doch erleichtert. Hätten die Herrschaften gewusst, dass ich ihnen auf einem französischen Frachter folgte! Als ein freier Mann. In Lissabon wieder an Land, hatten mich Emigranten, Bekannte aus Berlin, mit neuen Kleidern und Papieren versorgt, und Dollarnoten, passend platziert, öffneten jeden Schleichweg zurück ins belagerte Madrid.

Wieder trat ich in den Dienst des republikanischen Servicio de Informácion Militar. Die operative Planung war mittlerweile überholt. Statt gute eigene Leute wie Paco, Rámon und Manolo – Frieden ihrer Seele! – für die Ergreifung schmutziger, blutiger Randfiguren wie Dirlewanger zu opfern, wurden in den restlichen zwei Kriegsjahren die örtlichen Befehlshaber der Legion Condor anvisiert; allen voran Canaris, alle vier, fünf Monate bei Franco in Salamanca vorstellig, Sperrle und dessen Nachfolger Volkmann alias Veith und Richthofen alias Roland, Sperrle nannte sich Sander. Gelegentlich dicht davor, bekamen wir jedoch keinen zu fassen. An ihrer Stelle starben nicht wenige namenlose Unteragenten, von einer Abteilung des Berliner Abwehramtes immer wieder in deutsche Einheiten der Internationalen Brigaden eingeschleust, doch von einer anderen Abteilung desselben Amtes fast jedes Mal an uns über Vermittler gemeldet.

In der Person des Amtschefs, in Canaris selbst, spiegelte sich das Vorbild des allseitigen Verrats wider, wie sich noch zeigen sollte. Seinen alten Elbsandsteinbau am Berliner Landwehrkanal durchzogen tiefe Risse, unterirdisch von dort bis zum Luftwaffenministerium an der Wilhelmstraße reichend, Himmlers Sicherheitsschloss direkt benachbart. Morbide Fundamente, wo man auch hintrat.

In Spanien einmal eingefallen, hatten die Regimenter des Oberkommandos der Wehrmacht, ihre fliegende und rollende Artillerie, ihre Bahn nach allen Himmelsrichtungen gezogen, von Sevilla und Badajoz, von Toledo und Madrid, Vitoria und Saragossa über Las Ronzas und Málaga, Guernica und Bujalanca, Jarama und Guadalajara nach Bilbao und Brunete, Santander und Teruel am Ebro, Alfambra, Valencia, Barcelona, um in drei Jahren, in drei langen Jahren, nicht weniger, das improvisierte Heer einer eben erst erwachten Demokratie zu zerschlagen. Was für ein Widerstand! Was für ein Volk! Wie konnte es die Wehrmacht da noch wagen, einen Weltkrieg drauf zu satteln!?

»Irrtum, lass los der Augen Band! Und merkt euch, wie der Teufel spaße«, sprach der Magister von Cambridge. Simpson war Simpson geblieben, auch unter der Sonne der Sahara trug er den Alten von Weimar im Feldgepäck. In der Tat, von Kontinent zu Kontinent fanden die Kriegsteufel ihren Spaß, von Tripolis bis Leningrad, von Shanghai bis

New Orleans – der leidenschaftliche spanische Widerstand hatte der Welt bloß einen dreijährigen Aufschub verschafft, immerhin einige Zeit, sich für den eigenen Notfall zu rüsten. Geirrt aber hatten zudem, sträflich geirrt, London und Paris, und dort nicht allein die ewigen Konservativen in ihrem törichten Glauben, die drohende NS-Kriegsmaschine durch die Mittel der klassischen Diplomatie befrieden zu können. Bis Fliegergeneral Sperrle mit seiner Legion Condor 1940/41 erst über Paris, dann über London Bomben abwarf, wie zuvor in Spanien ungehindert einstudiert. Alle traf nun der Fluch von Guernica, endlich auch die Planer in Berlin, die Erfinder eines brennenden Weltkreises, was vorhersehbar war.

Einer, der öffentlich frühzeitig gewarnt hatte, der Dramatiker Ernst Toller 1930 im Berliner Rundfunk, hatte sich im Frühjahr '39, sieben Wochen nach dem Einmarsch der Legion Condor in Madrid, im New Yorker Exil das Leben genommen. Die Republik war ausgehungert worden im letzten Kriegswinter, zu Land und zu Wasser, die von Toller organisierte internationale Lebensmittelhilfe kam verzögert und verspätet. Madrid war nicht Leningrad und Toller ein Mann, der, wie Dorothy Thompson schrieb, »in sich keine stahlharte Kraft zu hassen hatte«. Er starb aus Liebeskummer für diese Welt.

***

Der Rest ist leichter zu erzählen. Ich hatte im Frühjahr '39 am Rande eines Flüchtlingstrecks von einer halben Million Menschen die Pyrenäengrenze am Mittelmeer überquert, zu Fuß über Port-Bou bis vor Perpignan. Hinter mir eine Gruppe deutscher Interbrigadisten, die unerbittlich sang: »... wir haben die Heimat nicht verloren, unsere Heimat liegt heute vor Madrid.« Man war sich seiner Sache überbewusst, wenn auch von französischen Grenztruppen entwaffnet bis aufs Taschenmesser. Und das Weiße auf der Landstraße war kein Schnee – es stank zum Himmel, es war der Chlorkalk, der zur Begrüßung der abgerissenen verdreckten republikanischen Flüchtlinge ausgestreut worden war, zum Eintritt in ein reinliches Land. Es schrie und lärmte unter den Bergen, das musste die Französische Revolution sein, die sich im Grabe umdrehte. Die fremden Flüchtlinge schämten sich für ihre Gastgeber, die ihnen das letzte Hab und Gut entrissen und in die schneeweißen Straßengräben warfen.

Unsere Internierung erfolgte unter freiem Himmel, hinter Stacheldraht am weiten, verregneten Strand bei Perpignan. Platz für hunderttausend Kinder, Frauen und Männer jeden Alters, keine Zeltplanen, lange Sandgräben als Latrinen. Verzweiflung? Nein, die Freiheitskämpfer und deren Angehörige, die nicht entkommen waren, hatten unter Franco Schlimmeres zu erwarten, summarische Haft und Hinrichtung. Hier in Frankreich ließ sich gegen das Elend noch protestieren, an Menschenwürde erinnern.

Dass die spanischen Republikaner nicht über die Grenze geflüchtet waren, um die Französische Republik zu stürzen, wurde letztlich auch im fernen Paris anerkannt. Aufrufe zum Eintritt in die hiesige Fremdenlegion wurden noch rechtzeitig ausgesandt, ehe auch die jüngeren Männer einer Lagerepidemie erlagen. Ich unterschrieb sofort auf fünf Jahre. Um jeden Preis wollte ich das Mittelmeer zwischen mich und Hitler bringen, zwischen mich und das unmögliche Europa – war man jetzt unter Afrikas edlen Wilden nicht besser aufgehoben?

Viele Lagerinsassen ohne Anhang, in der Mehrzahl Spanier und Deutsche, dachten wie ich: überall hin, bloß nicht nach Hause! So kamen wir nach Algier und im Jahr darauf, zweite Hälfte 1940, in hundert Tagesmärschen über alte Karawanenpisten der Sahara nach Fort Archambault im nördlichen Tschad. Ein Bataillon unter General Leclerc, wie der Kriegsname des Marquis de Hautecloque lautete. In Algier hatte er sich Pétains Vichy-Regime verweigert, der Zusammenarbeit mit der deutschen Besatzungsmacht in Paris, und wir mit ihm. So ließ man uns ziehen, wenn auch zu Fuß und mit leeren Händen, um im Inneren Afrikas vor die Hunde zu gehen – was wir nicht taten.

Nomaden der Tuareg sicherten unsere Wege, und niemals zuvor konnten europäische Soldaten die heilige Gastfreundschaft arabischer Oasen mehr genossen haben als wir, die in friedlicher Absicht gekommen waren. Sie teilten vieles dort mit uns, vor allem die Hoffnung auf Befreiung, auf Verständnis unter Fremden ... Ich dachte zurück an Córdoba, an eine Zeit vor tausend Jahren, und erzählte den armen Leuten von den Schätzen der Mezquita, von der Bibliothek des Kalifen Hakam II. Wir waren eine wunderliche Abteilung der Légion Etrangère.

Der Krieg aber ging weiter und holte uns ein. An den Grenzen zu Libyen, Kolonialbesitz der italienischen Krone seit 1912, endete für uns wieder einmal die beste aller möglichen Welten; dahinter lagen Mussolinis Legionen, die afrikanischen Prätorianergarden des verspäteten römischen Soldatenkaisers. Man war sich schon einmal begegnet; nur diesmal traten wir an, angewachsen auf über dreitausend Mann, sie auf eigenem Kolonialboden zu besiegen, von Garnison zu Garnison, von Mursuk über Kufra bis Tripolis – und so kam es denn zu einem Wiedersehen mit Simpson, der inzwischen das Seine getan hatte, das Libyenkorps der Wehrmacht zu schlagen.

»Schön«, sagte er nur. »Damit hat die Verfallszeit des Dritten Reiches begonnen, gleichzeitig hier in der Wüste und irgendwo dahinten in den Steppen an der Wolga. Und wir können später sagen: Richtig, wir erinnern uns, wie es anfing damals ... Heiße Tage waren das in jenem Winter!«

12.

Im Jahr darauf, im verregneten Sommer 1944, im Kriegshafen Plymouth an der englischen Kanalküste, dort im netten, gängigen Strandkasino, war ich mit den Offizieren Christopher und Marisol Simpson verabredet. Da lag die Kapitulation der deutsch-italienischen Heeresgruppe an der afrikanischen Mittelmeerküste, in Tunesien allein hundertdreißigtausend Wehrmachtsgefangene, längst hinter uns. Mussolini war gestürzt und das neue Italien lag mit Hitler im Krieg, Seite an Seite mit insgesamt zweiundvierzig anderen Staaten der Welt.

»Das sind leider noch nicht alle Nationalitäten«, rechnete Marisol uns vor, »die in Spanien mit uns gekämpft haben, über sechzig in den Brigaden. Und haben sie in ihren Schützengräben etwa nicht die Saat einer Anti-Hitler-Koalition gelegt, in tiefer spanischer Erde, die heute überall in Siegen aufgeht? Doch was für ein Trost! Welche Ernte bleibt meinem Volk? Wie bitter schmeckt uns jeder neue Sieg! Warum wurde uns gestern nicht geholfen, wie man heute allen anderen hilft? Warum ...«

Marisol brach ab, vielleicht weil sie unversehens bemerkt hatte, wie ihre empörten, schmerzlichen Worte auf den Mann neben ihr wirken mussten, den sie liebte, dem sie bis hierher gefolgt war, trotz allem. Da war sie wieder, die nicht verwundene Geschichte, am eigenen Leib erfahren, die immer zwischen ihnen liegen würde: das ihr unbegreifliche Versagen, nicht auf Dirlewanger geschossen zu haben. Unbegreiflich auch mir, und das wusste sie.

Simpson verließ unseren Tisch, ging auf eine Bestellung zum Tresen, verweilte dort im Gespräch mit einigen Uniformierten. Ich sagte nichts, blickte hinaus auf die diesige Meerenge in Richtung Kontinent. Dort, zwischen Plymouth und Brest, waren in Spaniens drei Kriegsjahren einhundertsiebzig Transporte deutscher Frachtschiffe passiert, ungehindert passiert, an Bord total fast siebzehntausend Mann Truppen und über tausend Militärmobile unter einhundertfünfundzwanzigtausend Tonnen Kriegsmaterial. (Die meisten der über vierhundertfünfzig Flugzeuge waren über Italien in Francos Machtbereich gelangt.) Der Waffenschmuggel des Jahrhunderts! Im Wert von rund sechshundert Millionen Reichsmark auf Kredit. Alles unter dem sehenden Auge Seiner Majestät Küstenwache, Royal Navy und MI-6, dem Militärgeheimdienst.

Marisol erriet meine abschweifenden Gedanken, meinte, man hätte bloß gesehen, was man sehen wollte: Ein Schiff namens »Berlin« mit Tarnnamen »Berta«, Soldaten in Zivil an Bord, und das Hakenkreuz gegen Panamas blau-rote Sterne ausgetauscht, die Panzer in den Luken verstaut, deklariert als Landmaschinen. Nichts fehlte an Deck, abgesehen von Kontrolleuren des Non Intervention Committees.

Wie aber wurden Mannschaften und Gerät am heimlichen Zielort eingesetzt? Schwer zu glauben, dass NIC und MI-6 unbekannt gewesen wäre, was Admiral Carls, Kommandeur der deutschen Kriegsmarine in Spanien, bereits Ende 1936 erkannt hatte: »Sicher ist, dass Franco zur Behauptung seiner Macht überhaupt zunächst nur auf dem Wege der Militärdiktatur vorwärts und zum Abschluss kommen kann, ohne bei der Befriedung der gewonnenen Gebiete auf die Anwendung ausrottender Gewalt zu verzichten.«

Ausrotten ... ein Verfahren, das wieder im Kommen war, um bald Schule zu machen. Totaler Krieg. Schon fünfzehn Monate nach dem Kriegsende in Spanien hatte Göring die »Luftschlacht um England« befohlen; seitdem, seit vier Jahren nun, wurde auch die Londoner Bevölkerung bombardiert, jetzt, da wir am Kanalstrand von Plymouth einen Tagesurlaub nahmen, erstmals mit V-1-Raketen. Das V stand für »Vergeltung«, und viele tausend Londoner mussten dafür sterben, überwiegend Zivilisten. Vielleicht hatten sie noch Chamberlains Münchener Worte im Ohr: »Peace in our time«. Da war der Krieg noch fern, erst in Spanien angekommen, in Abessinien und China. Doch herrschte Frieden nur, solange das eigene Land nicht bedroht schien?

Die Simpsons hatten mir ein Buch mitgebracht, Marisol schob es über den Tisch, Hemingways Roman aus dem Spanienkrieg, geschrieben in Havanna, auf der Vorsatzseite ein Zitat; es begann: »Niemand lebt auf einer Insel.« Das waren mehr als Worte, der Amerikaner hatte seine Insel eben verlassen und war mit den ersten Truppen in der Normandie gelandet, das Festland zu befreien, wenigstens bis zu den Pyrenäen.

»Die Worte eines Staatsmannes dagegen sind oft anders aufzufassen«, sagte Sanitätsleutnant Marisol zum Abschied. »So gut gemeint sie auch sein mögen, zeugen sie hier dennoch von grausamer Selbsttäuschung. Chamberlain starb rechtzeitig. Er musste nicht mehr mit ansehen, wie sich die Duldung der Legion Condor in einen Bumerang verwandelte, der überall zuschlug, mit Vorbedacht die Schuldlosen treffend, die Harmlosen oder Gutgläubigen.«

»Mit Vorbedacht?«

»Selbstverständlich. Es geht darum, die Moral der Massen zu treffen. Aber die Rechnung geht nicht auf. Moral ist nicht brennbar.«

***

Die Simpsons fuhren nach London zurück. Ich blieb im Kriegshafen auf Abruf. Unsere afrikanische Infanteriekolonne, im Kern wir Fremdenlegionäre aus dem Flüchtlingslager von Perpignan, war im Vorjahr '43 von Tunis nach Plymouth verschifft worden, um hier Leclercs 2. Panzerdivision zu bilden. Die Panzer waren über den Atlantik gekommen, made in U.S.A. »Chaffee's«, leichte Schützenpanzer mit einer Kanone und drei Maschinengewehren. Unsere spanischen Grenadiere, jetzt in englischer Heidelandschaft manövrierend, hatten den grünen Monstern Namen in weißer Farbe gegeben, weithin leuchtend: »Madrid« und »Casa del Campo« oder »Carabanchel«. Sie wussten schon, wohin die weite Reise gehen sollte, über Paris bis ins Hitlerreich, über die Ardennen in den Schwarzwald. Es war nur noch eine Frage der Zeit.

Ich würde dabei sein, falls ich überlebte, vorausahnend, dass ich dort unten noch einmal auf Dirlewanger stoßen würde, falls er seinerseits bis dahin überlebte. Natürlich würde er versuchen, in seiner Heimatgegend Unterschlupf zu finden, auch nach dem Zweiten Weltkrieg. Bis heute hatte Simpson nicht nachgelassen, ihm nachrichtendienstlich auf der Spur zu bleiben und dabei Material aus polnischen, ukrainischen und russischen Quellen zu sammeln, das er mir in Kopien in Plymouth überbrachte. Demnach war Dirlewanger jüngst zum Oberführer der Waffen-SS aufgestiegen, quasi in den Generalsrang, trug ein »Deutsches Kreuz in Gold« und befand sich derzeit auf dem Rückzug der Wehrmacht-Heeresgruppe-Mitte zwischen Minsk und Warschau, Dnjepr und Weichsel. Im Rücken die Rote Armee, die mühsam vorwärtskam.

Ich besaß eine Landkarte, gespickt mit schwarzen Stecknadeln, die Dirlewangers Wege durch den Weltkrieg im Osten anzeigten. Durch Striche markiert, die Karte seitwärts gerückt, ergab sich die Form eines Dreiecks bei verlängertem unteren Schenkel ... Genau die Gestalt eines Galgens! In der Tat, eine seltsame Fügung. Die schwarzen, gepunkteten Linien der Division Dirlewanger, von Anbeginn aus sogenannten »Wehrunwürdigen« gebildet, aus Kriminellen, Lagerhäftlingen und Kriegsgefangenen, wiesen vom KZ Sachsenhausen bei Berlin zum jüdischen Arbeitslager Dzikow in Polen, dann Dubno, von dort über die westliche Ukraine nach Weißrussland und schließlich auf der Flucht vor der Front zurück nach Polen. Nur, die Sache mit der geographischen Galgenform ging mir nicht aus dem Kopf ... Was für ein Zeichen an der Wand!

Zufall? Oder makaberer Einfall eines zuständigen Einsatzleiters der Waffen-SS-Feldtruppen im Berliner Hauptquartier? Befasst mit der Aushebung der Soldateska in Zuchthäusern und KZs war, in Republikzeiten noch Schulrektor, der SS-Hauptamtschef Gottlob Berger, wie Dirlewanger und Sperrle dem württembergischen Regimentsstall des ersten Weltkrieges entstammend.

Zuweilen recht arglos als ein »phantasievoller, fürsorglicher General Wirrwarr« empfunden, den das »Steckenpferd« geritten hatte, den Zuchthäusler Dirlewanger in Sperrles Legion Condor unterzubringen, dies zur »spanischen Frontbewährung«, um ihn anschließend an der Spitze einer Horde von zivilen Berufsverbrechern an die Ostfront zu befördern. Mordkommandos, am Schreibtisch ausgeheckt.

Dazu passend, war in Bergers Dienststelle eine weltanschauliche Vorlage entstanden: »Der Untermensch – jene biologisch scheinbar völlig gleichgeartete Naturschöpfung mit Händen, Füßen und einer Art von Gehirn, mit Augen und Mund, ist doch eine ganz andere, eine furchtbare Kreatur, ist nur ein Wurf zum Menschen hin, mit menschenähnlichen Gesichtszügen – geistig, seelisch jedoch tiefer stehend als jedes Tier ...«

Und Reichsführer SS Himmler selbst hatte dazu politisch angemerkt: »Wir werden dafür sorgen, dass niemals mehr die jüdisch-bolschewistische Revolution des Untermenschen entfacht werden kann. Unbarmherzig werden wir für alle diese Kräfte ein gnadenloses Richtschwert sein.«

Wie sich diese jahrelange, tagtägliche Schulung in den Köpfen der SS-Truppen umsetzte, war bereits im Polenfeldzug manchem Wehrmachtsoffizier zu viel geworden, darunter General W. Ulex: »Die sich anhäufenden Gewalttaten zeigen einen ganz unbegreiflichen Mangel menschlichen und sittlichen Empfindens, so dass man geradezu von Vertierung (sic!) sprechen kann.«

Welches Bild war da entstanden! Als führten »Tiere« einen vernichtenden Krieg gegen Ungeheuer, »tiefer stehend als jedes Tier« ... Bilder von Höllenqualen wie bei Bosch oder Dante – »lasst alle Hoffnung fahren dahin«. Ein General hatte die Verwandlung von »Herrenmenschen« in Bestien erkannt, den Abgrund faschistischer Ideologie, die Rückwirkung auf die Empfänger.

Der Vernichtungskrieg ging ungeachtet weiter, neunundneunzig von hundert Generälen immer voran, im Tross hinter den Linien die Division Dirlewanger und ähnliche, eingesetzt gegen die Zivilbevölkerung im eroberten Gebiet, besetzte verbrannte Erde, beherrscht nunmehr von uniformierten Berufsverbrechern, beauftragt, wie es SS-amtlich hieß, mit der »Bekämpfung von Partisanen- und Schmugglerbanden« – der Partisan oder Schmuggler war indes im Regelfall ein »jüdischer Bolschewist«, egal ob ein- oder hundertjährig ... Jeder Begriff wurde einfach umgelogen.

Unter den Blättern, die mir Simpson überlassen hatte, fanden sich Beweise genug. Sie entsprachen der Aussage eines deutschen Bauingenieurs, F. Grabe, im besetzten Gebiet hinter der Front, einem Zeugnis über die Haltung von »Untermenschen« im Angesicht der barbarischsten aller Tode: »Die von den Lastwagen abgestiegenen Menschen, Männer, Frauen und Kinder jeden Alters, mussten sich auf Aufforderung eines SS-Mannes, der in der Hand eine Reit- oder Hundepeitsche hielt, ausziehen ... Ohne Geschrei oder Weinen zogen sich diese Menschen aus ... Ich beobachtete eine Familie von etwa 8 Personen ... Eine alte Frau mit schneeweißem Haar hielt das einjährige Kind auf dem Arm und sang ihm etwas vor und kitzelte es. Das Kind quietschte vor Vergnügen ... Der Vater hielt an der Hand einen Jungen von etwa 10 Jahren, sprach leise auf ihn ein. Der Junge kämpfte mit den Tränen. Der Vater zeigte mit dem Finger zum Himmel, streichelte ihn über den Kopf und schien ihm etwas zu erklären ... Ich schaute mich nach dem Schützen um. Dieser, ein SS-Mann, saß am Rand der Schmalseite der Grube auf dem Erdboden, ließ die Beine in die Grube herabhängen, hatte auf seinen Knien eine Maschinenpistole liegen und rauchte eine Zigarette. Die vollständig nackten Menschen gingen eine Treppe, die in die Lehmwand der Grube gegraben war, hinab, rutschten über die Köpfe der Liegenden hinweg bis zu der Stelle, die der SS-Mann anwies. Sie legten sich vor die toten oder angeschossenen Menschen, einige streichelten die noch Lebenden und sprachen leise auf sie ein. Dann hörte ich eine Reihe Schüsse.«

Ein seltenes Zeugnis, insbesondere weil es ausdrücklich von Menschenopfern sprach, tot oder lebendig begraben, nicht aber von Rasse, Religion oder Partei. Menschlichkeit in den einfachsten überzeugendsten Worten, die ich da las. Die Seiten, die die Täter betrafen, wischte ich beiseite; sie fielen unter den Tisch. Andere würden sich später darum kümmern müssen, nicht ich – oder doch? Was, wenn sich meine und Dirlewangers Wege noch einmal kreuzen sollten?

Mein Blick fiel auf die Landkarte an der Wand, auf die Markierung der schwarzen Stecknadelköpfe. Jetzt, im Sommer '44, trennten uns noch weit über tausend Meilen – ich am englischen Land's End, er vor dem Ostufer der Weichsel. Seine Feinde aber trieben ihn vor sich her nach Westen, und unsere Panzerkolonne würde bald übersetzen, den Reihen des lang Gesuchten entgegen.

Simpson und ich hatten uns gewünscht, die Sache endlich hinter uns zu bringen, gehofft, »unser Mann« würde nicht anderen in die Hände fallen. Ich kannte Leute unter den Legionären der Kolonne Leclerc, die ein Vorrecht besaßen, über Dirlewanger zu richten. Kein Zweifel, alles in allem hatte der ganze verfluchte Verein des demokratischen Westens da etwas nachzuholen, etwas gutzumachen, etwa nicht?

Dazu hatte ich Simpson den Text einer frühen Hitlerrede vorgelegt: »Es gibt Dinge, die wissen wir alle, über diese Dinge brauchen wir daher nie zu reden; es ist nicht notwendig, dass wir darüber Erklärungen abgeben. Wenn wir gewisse Sachen bei uns in Deutschland aufrichten und aufbauen und so weiter, ist es da notwendig, dass wir erklären, warum, weshalb und so weiter? Wir wissen ganz genau: Wir bauen unsere Armee auf, um uns den Frieden zu erhalten. Und wir machen den Vierjahresplan, um, sagen wir, wirtschaftlich bestehen zu können. Es wird nur so darüber gesprochen ... Andere Gedanken werden niemals laut. Das muss eiserner Grundsatz sein. Es kann dabei jeder dem anderen ins Auge sehen, und er kann aus dem Auge des anderen herauslesen, dass er genau dasselbe denkt, was er selber denkt, und genau dasselbe weiß, was er auch weiß.«

Konnte einer so reden, ohne sich seiner sicher zu fühlen? Was der »Führer« damit unterstellte, hatten andere Staatslenker wohl versäumt, öffentlich zurückzuweisen – zumindest vor dem ominösen »Hitler-Stalin-Pakt«; fein ausgedacht im Kreml, um London und Paris endlich in offene Frontstellung zum Hitlerreich zu locken. Unglaublich, erst darauf waren die gewählten Oberhäupter an Themse und Seine aus allen Wolken gefallen; zum Glück noch früh genug, nachsichtig betrachtet. Doch um welchen Preis!

Nein, Nachsicht war hier fehl am Platz. Schon 1936 wäre es höchste Zeit gewesen, nicht ein Embargo über die spanische Demokratie, sondern über die deutsche Diktatur zu verhängen. Ganze Völker hätte das gerettet, retten können; vor jedem Diktator. Geschichte, die verhindert war.

13.

Es ging um die Befreiung, um die Rettung des Kontinents, und folglich wurde unter den Alliierten dabei mächtig um die Vormachtstellung gerangelt. Wir, die einzige Division unter französischer Führung, wir Legionäre mit spanischer wie afrikanischer Vergangenheit, durften im August 1944 schließlich nach monatelangem Hinhalten in Frankreich an Land gehen, weit vor uns die braven D-Day-GIs, wie schon im Ersten Weltkrieg ohne Erfahrung im Feld. Im Vorteil durch Masse und Waffentechnik, doch ein schwerer Opfergang, ein Massensterben bei der Normandie-Operation »Neptun«, und nur dank dieser verordneten unsinnigen Opferbereitschaft amerikanischer Fußsoldaten, dieses blinde Anrennen gegen Bunker, war es uns trotz allem gelungen, in Paris als erste einzurücken, nachts durch die Porte de Gentilly nach dreiwöchigem Sturmlauf.

Nicht die Zeit für lange Jubelfeiern, für langgehegte Zweifel an der Weisheit von Ministern oder Generälen. Nur Tage später schon Aufbruch in die nächste Schlacht, fast ohne Feuerpause gegen die »Siegfried-Linie« an der Saar vorgeprescht, den »Westwall« durchlöchert, nach Süden eingeschwenkt im Herbst und Winter und Frühling, auf dem Vormarsch in den Schwarzwald ... Da wurde die Division Dirlewanger gerade vor Berlin zerschlagen, im April '45.

Spanische Einheiten unserer Panzerdivision sollten bis ins obere Österreich vorrücken, dort auch neuntausend spanische Zwangsarbeiter aus Frankreich von der SS deportiert, aus dem Lager Mauthausen erlösen; sie fanden nur noch zweitausend am Leben, einstige Gefährten im Kampf um ihre Republik, die Skelette einer großen Hoffnung auf Menschenwürde.

Ich war nach wie vor in unserer Abteilung für Feindaufklärung tätig, und eines Abends im April, vermutlich in der Umgebung von Heidelberg, wurde mir ein junger Spanier zugeteilt, nach einer Verbrennung der Hände dienstuntauglich als Panzergrenadier, doch ausgezeichnet und befördert zum Sergentmajor, Feldwebel. Er trug jetzt enge, schwarzlederne Handschuhe. Irgendetwas an ihm erinnerte mich im ersten Augenblick an etwas ... Ich kümmerte mich nicht weiter darum, es musste lange zurückliegen, und Pedro nannte sich so mancher.

Später stellte sich heraus, dass er mich wiedererkannt hatte, ohne darüber ein Wort zu verlieren. Ich hatte ihn nach Mauthausen mitgeschickt, nach seiner Rückkehr gab er sich zu erkennen – Pedro, der Jungfalangist aus Córdoba, kasernierter Offiziersbursche, der uns unwissentlich auf Dirlewangers Fährte gesetzt hatte! Er hatte im Krieg die Seiten gewechselt und sich am Ende unter den Flüchtlingen wiedergefunden, wie wir alle, war mit uns in Afrika gewesen und überall, wo wir auch hinkamen. Und bald sollte er mir zur rechten Hand werden.

Mehr konnte ich jetzt für uns nicht tun, nachdem wir ein halbes Dutzend Jahre, all diese Jahre, in der Kolonne von Kontinent zu Kontinent nebeneinander hermarschiert waren, ohne je ein persönliches Wort ausgetauscht zu haben. Diene der guten Sache, hieß es in der Legion, schweig' und stirb. Dennoch fragte ich ihn einmal, was ihn veranlasst hatte, in Córdoba das Gegenufer des Guadalquivir aufzusuchen, die Fronten zu tauschen.

»Ein Offizier hatte mich geschlagen.«

»Dirlewanger?«

»Qué va, comandante! Dirlewanger schlug nicht, Dirlewanger schoss.«

»Weshalb hat man Sie geschlagen?«

»Zweimal war es geschehen, zweimal wegen ›Subversion‹ ... Beim ersten Mal hatte mich ein Kamerad denunziert. Ich hatte nur gesagt: Ich kenne einen Arbeiter in der Munitionsfabrik; er ging an die Front, da wurde er zum Kriegsarbeiter, sein Offizier ein Vorarbeiter, sein alter Fabrikherr zum General, die Hausfrau zur Munitionsarbeiterin ... Alles beim Alten, nur Blut statt Wein in den Schläuchen.«

»Interessant, und weiter?«

»Das zweite Mal geschah es wegen meiner Lektüre. Vor dem Krieg hatten wir in der Schule ›La gitanilla‹ gelesen, eine Novelle des listenreichen Cervantes. Ich las das immer wieder, nachts in der Kaserne, vernarrt in das Zigeunermädchen. Der Dichter spricht höhnisch durch den Alten ihrer Sippe: ›... aber man wird doch nicht aufhören zur See zu fahren, weil Schiffe dabei in Sturm geraten und untergehen. Das würde ja schön aussehen, wenn es keine Soldaten mehr gäbe, nur weil der Krieg Menschen und Pferde verschlingt. Und mehr noch: Uns gilt das Ausgepeitschtwerden soviel wie ein Ordenskreuz auf dem Rücken, das dem Ausgepeitschten besser steht, als das Kreuz selbst des vornehmsten Ritterordens anderen auf die Brust passen mag.‹«

»Ihr Offizier war im Recht«, beschied ich meinem neuen Adjutanten. »Das ist mindestens subversiv, ›wehrkraftzersetzend‹, wie es heutzutage heißt. Wie dumm von Ihnen, sich beim Lesen erwischen zu lassen!«

Kurz, es war einer der seltenen Momente, wo es auf unserem Feldzug etwas zu lachen gab, wenn auch unter disziplinierter, unter ernster Miene. Der arme Junge brauchte jetzt solche Momente; nach seiner Rückkehr aus Mauthausen wirkte er noch verschlossener – die Sprache drohte ihn zu verlassen. Das wäre zu viel gewesen; er war ohnehin verschwiegen genug. Diesmal jedoch hatte sich ein Riegel gelöst.

»Urgente, comandante!«, rief er plötzlich. »Wir müssen uns beeilen, ehe Dirlewanger nach Spanien entkommt ...«

Das war's! Es war, als hätten diese Worte eine Abzugsfeder in mir ausgelöst. Der Junge hatte verstanden: Wer, wenn nicht Franco, würde einem Veteranen der Legion Condor künftig noch Asyl gewähren – einem treuen, alten Waffenbruder? Blutbeschmiert, die Taschen voller Brillanten ... Na, und? Umso besser! Auch der Caudillo hatte dem Führer einen Kriegsdienst erwiesen, ihm zur Not eine »Division azul« an die Front geschickt, Leiharbeiter zudem, allerdings zweihundertzwanzig Millionen Reichsmark für sie berechnet, Blutgeld eben. Die Legion Condor dagegen war noch gratis gewesen – armer Diktator, reicher Diktator, ausgleichende Rechtlosigkeit.

***

In diesen Wochen, Wochen bloß vor der Kapitulation in Berlin, griff ich nach Monaten wieder zum Tagebuch. Die Kolonne hatte kurz angehalten; an den Eingängen badischer Ortschaften standen uns bloß noch Greise und halbe Kinder, Hitlerjugend, gegenüber, flankiert von einigen SS-Fanatikern. Viele unserer Grenadiere weigerten sich, diese »Armee« zu überrollen, sie mit ihren Geschossen zu zerfetzen. Erst setzten wir ein paar Scharfschützen ein, die Totenkopfleute zu erledigen, dann Unterhändler für den kopflosen Rest. Sie kehrten mit zwei alten Männern zurück, darunter ein ehemaliger Dorfschullehrer, und ich sprach mit ihnen. Der Kalender zeigte Mitte April. Frühlingsanfang.

»Grüß Gott!«, sagte der weißhaarige Lehrer. »Alles ist aus ...«

»Das hören wir gern«, erwiderte ich. »Aber wie meinen Sie das?«

»Nun, wenn die schon ihren Canaris aufhängen ...«

Es durchzuckte mich wie ein Stromstoß, doch tat ich, als hätte der Alte bloß vom Wetter gesprochen.

»Woher wollen Sie das wissen?«

»Jemand im Dorf hat's wohl im Radio gehört, nehme ich an.«

»BBC?«

»Wo denken Sie hin! Wir leben hier nahe der Schweizer Grenze, neutral sozusagen.«

»Gut«, beendete ich die Unterhaltung. »Lassen Sie alle Waffen abliefern, auch die Schrotflinten, und gehen Sie schlafen. Ausgangssperre bis zum ersten Hahnenschrei.«

»Danke, mein Herr, gute Nacht denn! Eine Frage noch, wenn Sie erlauben: Sind Sie Deutscher? Sie sprechen ...«

»Nein, ich bin hier fremd. Aber vielleicht ändert sich das.«

Ich ließ unsere Funker nachfragen; sie erhielten dieselbe Nachricht aus Paris – Canaris sei hingerichtet worden, eine Woche zuvor vom SS-Sicherheitsdienst, standgerichtlich im fränkischen KZ Flossenburg. Hitlers langjähriger, bewährter Geheimdienstchef beim Oberkommando der Wehrmacht! Unsere Feindfigur Nummer eins, Deckname »Guillermo«, an der Spanienfront! Heute, ein Jahrzehnt später, ein »Verräter an Führer und Vaterland«? Ein Admiral etwa, ein einsamer Marinekrieger, beteiligt an der Verschwörung vom vergangenen 20. Juli?

Im Fall Canaris war die Antwort zeitlebens die immer gleiche: ja und nein. Einer, der sich im Geschäft politischer Rückversicherung wie kein Zweiter ausgekannt hatte, der Mord für Mord, Putsch um Putsch organisiert, doch niemals selbst Hand angelegt hatte, stets nach der Devise: keine Tatbeteiligung, keine Zeugen, kein Prozess – und so fort. Und hatte der geheime Staatsdiener nicht sämtliche seiner Dienstherren hintergangen, von Wilhelm II. bis Hitler? Nein, nicht den Marschall Hindenburg; der hatte seinen

Kaiser selbst kalt abserviert, ehe er sich zum Ersatzkaiser erheben ließ. Wie der General Blomberg als Truppenamtschef unter Hindenburg in Zusammenarbeit mit Stalins Militär im abgelegenen Versteck den Aufbau der Luft- und Panzerwaffe, so hatte Canaris an Spaniens Atlantikküste zeitgleich die Marineaufrüstung betrieben, die alte, neue Kriegsindustrie heimlich wieder reich gemacht. Und folglich waren Blomberg und Canaris gemeinsam mit Hitler in höchste Ränge aufgestiegen, noch unter Hindenburg.

Der »Führer«, der angeblich das Rad neu erfunden haben wollte, hatte nicht gerade wenig fertig vorgefunden, nicht zuletzt das passende Personal. Grund genug für den einstigen Meldegänger, seine früheren Vorgesetzten rücksichtslos zu überflügeln, der Gefreite seine Generäle: Rheinlandbesetzung, Spanien, Österreich, Tschechoslowakei, Besetzung des litauischen Memelgebiets, Polen, Benelux-Länder, Dänemark, Norwegen, Frankreich, England ... und so fort. Schwindelerregend. Hohe kriegserfahrene Offiziere wie Canaris mussten das unübersehbare Risiko fürchten lernen; die SS und deren Gestapo versperrten jeden Ausweg, außer den Weg ins KZ, früher oder später.

Achtundfünfzigjährig war nun auch Canaris, der seinen Ruhestand in Francos Spanien nehmen wollte, nur bis Flossenburg gekommen, an den Galgen. Für den NS-Führer keinen Schuss Pulver mehr wert, wie er einem Militär zugestanden hätte. Nur, er war nicht irgendeiner, vielmehr Hitler in dessen verwinkeltem Allmachtswahn recht nahe. Wie der NS-Führer etwa seinen alten Freund und Förderer, den SA-Stabschef Röhm, nach dem »Tag von Potsdam« an die Reichswehrspitze verkauft hatte, tödlich für Röhm, so hatte Canaris bereits vor Stalingrad und Tripolis, vor den entscheidenden Niederlagen von 1943, über die Zukunft seines Führers verhandelt, direkt mit seinen anglo-amerikanischen Amtskollegen vom MI-5 und OSS, dort persönlich, unter dem Aktencode »659« geführt. Nach Himmlers SS-Sicherheitsdienst aber musste auch Hitler davon wissen ... und hatte Canaris hängenlassen. In der Nachkriegszeit schließlich würde die Welt über den Nazistaat zu Gericht sitzen und Canaris, der sich wieder einmal abgesichert hatte, womöglich als Zeuge der Anklage aufgerufen werden ... Ein Admiral, der unvergleichlich mehr Wissen als Skrupel besaß, im Stillen von einem friedlichen Lebensabend an der Costa del Sol träumte, nahe Almería oder Malaga.

»Mit diesen Jungs werde ich schon fertig«, hatte er sich einmal über Himmlers Meute geäußert. Ein Aufrechter des 20. Juli, der Diplomat Ulrich von Basseil, hatte das anders gesehen: »Der ganze Stall Canaris hat sich Blößen gegeben und überhaupt nicht ganz gehalten, was man von ihm hoffte. Wenn die ›Guten‹ nicht klug wie die Schlangen und ohne Falsch wie die Tauben sind, ist nichts zu erreichen.«

Bei uns am Rhein war der Krieg seit Wochen vorüber, als Ende April Berlin eingeschlossen und, wie wir hörten, bei Cottbus an der Neiße die Reste der Division Dirlewanger zur Aufgabe gezwungen wurden. Dirlewanger selbst aber, so wurde gemeldet, sei entkommen. Wir unterrichteten die amerikanischen Nachrichtenstellen, die zwischen unseren und den russischen lagen, samt genauer Personalbeschreibung. Sein Steckbrief sollte an alle Straßenkontrollen im Südosten des Landes hinausgehen, über Sachsen nach Thüringen, wohin die 3. US-Armee vorgestoßen war. »Kriegsverbrecher«, funkten wir an die Fahnder des OSS in Leipzig und Weimar. »Beschuldigt, in Polen jüdische Frauen vergewaltigt, dann vergiftet und beraubt zu haben.«

Wir standen weit entfernt in Stuttgart, das Leclercs Kolonne an Hitlers Geburtstag, seinem letzten, eingenommen hatte, und verteilten eigene Horchposten in Richtung Österreich; informiert, dass in der Steiermark die »Spinne«, eine SS-Schleuserbande mit Verbindungen nach Spanien, tätig war, namentlich der Wiener Spezialagent Skorzeny, vor einem Dreivierteljahr noch in Berlin an der Verhaftung Stauffenbergs beteiligt.

Unsere amerikanischen Kollegen waren im Bilde, nur sprachen sie nicht von einem Netz der Spinne, sondern treffender von »rat lines«, die sich über die Alpen und das Mittelmeer hinzogen, gespeist aus den Sparbüchern und Lebensversicherungen amtlicher, jetzt flüchtiger Raubmörder.

Alte Städtenamen, jetzt buchstäblich verschüttet, meldeten sich wieder zurück, auch Stimmen aus der jüngeren Vergangenheit. In der letzten Aprilnacht meldete sich aus Nürnberg, eben von den Amerikanern besetzt, Captain Brunswick am Feldtelefon, ein Freund Simpsons aus Madrider Zeiten, damals Kämpfer im »Lincoln Bataillon«, nun bei der »Intelligence« des OSS. Wir kannten uns vom Einzug in Paris, vom letzten Sommer, erinnerten uns an dies und das und kamen unweigerlich auf »Señor Guillermo« zu sprechen.

»Der alte Canaris ist für nichts gestorben«, schloss er. »Sein SS-Nachfolger im Abwehramt, Schellenberger, hat die Kapitulationskontakte mit unserer Seite fortgesetzt ... Wenn das der Führer wüsste! Nun, er muss es gewusst haben. Am Ende haben ihn doch alle verraten, die glaubten, sich damit noch retten zu können, die Paladine der ersten Stunde wie Göring und Himmler. Jeder für sich und jeder gegen jeden, angefangen bei Röhm. Ihr Staat war faul und hohl von Anfang an, daher die martialische Fassade, die indes beim ersten Gegendruck schon Risse bekam, beim Ausstieg der ersten Generäle, und schon beim ersten heftigen Ansturm von außen in Scherben ging. Der Rest waren nur noch Reparaturen an diesem Scheinreich.«

»Fazit?«

»Hätte sich die Welt schon in Zeiten des Spanienkrieges auf eine umfassende Front gegen den Faschismus verständigt, sagen wir ruhig: verstanden, so wäre der ganze Laden unter Hitler schon damals zusammengebrochen, als er militärisch erst halb fertig war und Hitler bloß ein besserer Ladenhüter. Seine Militärs hätten ihn weggeputzt. Die Aktivität unserer Seite, die Wehrmacht von der Partei und SS abzuspalten, hätte schon in Spanien einsetzen müssen.«

»Wie denn, Captain? Canaris und die SS waren sich anfangs so nahe wie Lippen und Zähne!«

»Eben deshalb; yes, Sir! Nur, Canaris' ursprünglicher Auftrag, Spanien, war bald erfüllt, sein eigentliches Thema damit erschöpft. Spanien war seine ganz persönliche Rache an der deutschen Revolution, die Rache eines Admirals an meuternden Matrosen, an der eigenen Republik. Vergessen wir nicht, viele derselben deutschen Matrosen haben schließlich ihrerseits in Spanien gekämpft!«

»Oh ja, ich erinnere mich! Übrigens sind die letzten von ihnen gerade mit uns hier in Stuttgart einmarschiert ... Legionäre.«

»Wunderbar! Doch zurück zu Canaris. Nach Spanien war er schon kriegsmüde, für weitere Kriege schlecht motiviert, wie wir wissen, genauer: von ihm schon damals wussten ... Leute wie Himmler, kleine Leute in seinen Augen, haben ihn nur angewidert, ›Vom Hühnerdieb zum Goldräuber‹, war sein Urteil. Schnell hatte er begriffen, wie sich das SS-Regime selbst ad absurdum führen musste ...«

»... der Nihilismus einer Totenwelt.«

»Yes, Sir! Oder wie wir Auserwählten von der ›Intelligence‹ zu sagen pflegen: Credo quia absurdum ... Ich glaube daran, weil es widersinnig ist, auf gut deutsch. Auf diese Weise blieb den kriegerischen Halbgöttern nichts anderes übrig, als sich gegenseitig in den Orkus zu schicken.«

Das waren die Worte von Captain Brunswick an dem Tag, da Hitler den letzten Rest Gift zu sich nahm, der ihm noch geblieben war, in den Ohren das Pfeifen und Zischen der »Stalinorgeln«.

Epilog

Zum Schutz seiner Hände, verwundet bei einem Panzer-brand am Westwall, trug Pedro unverändert seine engen, schwarzen Lederhandschuhe; auch als wir Spanien wieder-sahen, zumindest seine Küsten. Es war indes nicht mehr als die Ahnung eines Wiedersehens; denn fern, weit fern zogen wir an diesen Küsten vorüber, von Marseille nach Süden, wieder an Bord eines britischen Kriegsschiffes, eines Trup-pentransporters, und weiter ging es in Richtung Suezkanal, im Herbst '45. In Europa war seit dem Kriegsende kaum ein halbes Jahr vergangen. Unsere nächste Station, Zwi-schenstation, hieß Djibouti.

Es war ein klarer, sonniger Morgen im September. Wir standen an der Reling, und Pedros schwarz glänzender Handschuh wies immer wieder zur Küste hinüber, von Per-pignan bis Barcelona, eine Strecke, die wir einmal in um-gekehrter Richtung gelaufen waren. Eine schöne Gegend ohne schöne Erinnerung, eher ein bleibender Alptraum für uns, selbst jetzt im Bewusstsein unserer Siege, die al-les andere überragen sollten. Für Pedro war das schwer zu verstehen.

Ich dachte an einen berühmten amerikanischen Schrift-steller, der aus dem Spanienkrieg gemeldet hatte: »Wenn wir hier siegen, siegen wir überall.« Genau das Gegenteil war eingetreten. Unser Fähnrich oder cornette schien das Gleiche zu denken.

»Wie konnte das sein?«, sagte Pedro wie zu sich selbst. »Warum gerade Spanien?«

»Schaust du nie auf deine Landkarte?«, fragte ich zu-rück, etwas gröber als gewollt.

»Pues si, comandante, doch wie kann die Lage eines Landes der Grund dafür sein, ein demokratisches Volk der Diktatur auszuliefern? Ein großes, altes Volk in Europa ...«

»Weltpolitik kann alles, cornette. Nur, eine solche Frage kann sie nicht offen beantworten. Sie würde sich entlarven. Machtpolitik überhaupt, ob großes Land oder kleines Dorf, bestimmt die Verhältnisse, gut oder schlecht. Und so weiter und so fort. So banal ist das.«

»Das weiß ich längst. Doch unser großes, altes Land, das zwischen zwei Meeren liegt, überdies Zugänge zu dritten besitzt, hätte doch als eine freie Republik ...«

»... eine gute Macht sein können, meinen Sie?«

»Genau, comandante, das meine ich! Ein gutes Beispiel sein können für andere ... um ihnen Mut zu machen.«

»Wie denn, euer armes, hungriges Spanien? Von den Granden ausgeplündert bis aufs Hemd! Heruntergewirtschaftet.«

»Aber ...«

»Historischer Idealismus, würde unser Freund Simpson dazu sagen. Sie erinnern sich, cornette? Córdoba ...«

»Oh ja, ein feiner Mann.«

»Ein verzweifelter Mann. Ich weiß noch, wie er einmal, vielleicht nicht mehr ganz nüchtern, klagte: ›Man lässt die Faschisten in Spanien gewähren, aus Furcht, die Seewege ins Empire samt Gibraltar an die Russen zu verlieren ...‹ Gemeint waren eben jene vielen Zugänge zu vielen Meeren, die Sie gerade erwähnten, mein Lieber. Und natürlich war auch Stalin interessiert an einer Basis am Mittelmeer. Weltpolitik, wie schon gesagt. Hitler aber konnte dort härter zuschlagen, das war der Unterschied.«

»Sie meinen, er besaß Rückendeckung?«

»Sagen Sie selbst: Wie sonst hätten Hitler und Mussolini Londons laufendes Flottenabkommen mit Berlin und Mediterranean Agreement mit Rom auslegen sollen? Ich meine, während ihre U-Boote vor Spaniens Ostküste gemeinsame Jagd auf Frachtschiffe machten, im Namen der Nichteinmischungs-Doktrin! ›Rückendeckung‹ war wohl das mindeste, was einem Admiral Canaris dazu eingefallen sein dürfte, nachdem Chamberlain mit Franco schon bald nach dem Putsch Diplomaten ausgetauscht hatte, sogenannte Geschäftsträger. Das Geschäft als der Nerv des Krieges.«

»Tatsächlich?«

»Tatsächlich.«

»Deshalb nannten Sie Mr. Simpson vorhin einen ›verzweifelten Mann‹?«

»Nun, wenigstens hat er damals in Córdoba eine andere Art Glück gefunden, eine verwandte Seele, klug und schön.«

»In meiner Stadt!? Das klingt, als liebten Sie sie auch; die Stadt, meine ich.«

»Ja, wen denn sonst! Wir alle lieben sie.«

»Ich liebe das Leben, nur nicht meins«, sagte der Fähnrich traurig.

»Reden Sie keinen Unsinn, Pedro! Sie sind jung, Ihr Land wird Sie noch brauchen. Genau so wie Sie es brauchen, etwa nicht?«

»Sie haben recht.«

»Dann nehmen Sie gefälligst Haltung an, cornette! Oder brauchen Sie dazu einen Befehl, nein? Dann ist es gut.«

Wir kamen gut voran. Die See unter der Morgensonne lag vor uns wie ein Spiegel, worin der lange Schatten unseres Schiffes wie eine dunkle, fest verschlossene Maske erschien, ihr Geheimnis bewahrend. In der Ferne erstrahlte die katalanische Küste, wo die Volksfront der Republik, nun Geschichte, im Kampf gegen ihre äußeren Feinde in ihrem Inneren an sich selbst gescheitert war, an Separatisten und Sektierern, die Kirche und Kaserne verwechselt hatten, Priesterrock und Uniform. Feigheit an der falschen Front nannten wir das. Wenn der Klerus Krieg führte, musste man ihn nicht noch kreuzigen ..., da kam zur Feigheit die Dummheit hinzu, eine bedrohliche, wenn auch unerwünschte Nähe zur Falange. Das konnte nicht gut gehen.

»Meine Lieben«, schrieb ich an die Simpsons nach Cambridge nach meiner Abreise aus Europa, September '45. »Ihr werdet Euch fragen, was aus mir und was aus Dirlewanger geworden ist. Nun, ich lebe noch, daher zuerst zu mir: Mein Vertrag mit den Franzosen, der Kolonne Leclercs, ist noch nicht abgelaufen, der Krieg geht für mich weiter, in Indochina, wo immer noch japanische Besatzungstruppen stehen. Wir wollen sie also einfangen und heimschaffen, mit Hilfe der Vietnamesen, die ihre Unabhängigkeit ausgerufen haben. Mal sehen, wie das ausgehen wird.

Wir schwimmen schon im Suezkanal, was mich an Mr. Churchill denken lässt. Hatte er nicht erklärt, er sei nicht Premier Seiner Majestät geworden, um auf das Empire zu verzichten? Nun habt Ihr den alten Löwen in Pension geschickt, gegen seine Wärter von Labour ausgewechselt, die mit einem Gandhi die Reisschale teilen wollen. Ich fürchte, in Indochina haben wir keine Gandhis zu erwarten, und bin neugierig, was General Leclerc im Schilde führt. Ich hoffe, unsere Soldaten lernen über Nacht, Vietnamesen von Japanern zu unterscheiden, damit wir es wagen können, im Schlaf beide Augen zu schließen.

Im Bauch unseres englischen Schiffes ruhen jetzt dieselben amerikanischen Panzer aus, die uns im Laufe eines Jahres von Plymouth über Paris und Straßburg bis nach Stuttgart getragen haben, darunter einer mit Namen Guadalajara ... Er gehörte zu unserer spanischen Kompanie, zu dem Grenadier Antonio Gonzalez, der am 25. August dem deutschen Gouverneur in Paris, General von Choltitz, die Dienstwaffe abgenommen hatte, verbunden mit der Zusicherung, schon Stunden später offiziell zu kapitulieren, vor General Leclerc und Résistance-Oberst Rol-Tanguy, dem wir im Spanienkrieg, wisst Ihr noch, als Kommissar der 14. Internationalen Brigade begegnet waren. Wer sagt da, man sehe sich nur einmal im Leben?

Dirlewanger habe ich nicht wiedergesehen, jedenfalls nicht lebend. Aber er lief uns in die Arme, vier Wochen nach Kriegsende in Deutschland bei Ravensburg am Bodensee. Nach seiner Flucht aus der russischen in die amerikanisch besetzte Zone, von Cottbus über Dresden nach Nürnberg, verkleidet als ausgebombter Zivilist ohne Papiere, unterlief ihm ein sentimentaler Fehler: Statt die nächste Donaugrenze bei Passau zu nehmen, die übliche rat line der SS, zog es ihn ins heimatliche Schwaben, in unsere französische Zone. Ausgerechnet dorthin, wo er doppelt bekannt war, bei den Einheimischen wie bei uns. Jeder Fünfte in unserer Division war Spanier, jeder Dritte in Spanien gewesen, fast jeder kam aus dem Widerstand.

Er hätte davon gewusst, soll Dirlewanger bei seiner Festnahme behauptet haben, doch – wörtlich – wenn er schon bluten müsse, dann auf heimischem Boden ... Genau das hätte er nicht sagen dürfen; die Posten haben ihn schwer misshandelt, ehe er erschossen wurde. So starb er, wie er gelebt hatte, ohne Recht und Gesetz, der grausame Staatsrechtler.«

Damit endete mein Brief an die Simpsons.

***

Ein ordentliches Gerichtsverfahren dagegen erhielt Jahre später der entlassene Generalfeldmarschall Sperrle, der »Bomber von Guernica«, nach seinem Kommando über die Legion Condor zum Luftflottenchef an der Westfront befördert, von Hitler mit einem Gemälde im Wert von neunzigtausend Reichsmark beschenkt. In Nürnberg 1948 vor einem amerikanischen Militärgericht der Kriegsverbrechen und Verbrechen gegen die Menschlichkeit angeklagt, bekannte Sperrle sich persönlich »nicht schuldig« – und wurde freigesprochen. Tatsächlich war in dem Prozess gar nicht die Rede von den Verbrechen der Luftwaffe in Spanien bis zum Frühjahr '39, von Guernica und Málaga etwa; abgerechnet wurde erst ab Herbst '39, fünf Monate nach dem Einmarsch der Legion Condor in Madrid, drei nach ihrer Siegesparade in Berlin.

Spanien war von der Nürnberger Agenda gestrichen, einfach aus der Zeit gefallen, aus der Zeitgeschichte, folglich auch, was Franco nicht betrübte, aus dem Kriegs- und Völkerrecht, das anderen vorbehalten blieb. War Spaniens

Volk etwa nicht aus der Rolle gefallen, die ihm ein eifersüchtiges Welttheater zugedacht hatte, die Rolle eines Nachtwächters zwischen Meeren und Kontinenten? Also Lichter aus und Eiserner Vorhang runter! Und warum nicht gleich über das Studierzimmer des Doktor Faust:

> Es erben sich Gesetz' und Rechte
> Wie eine ew'ge Krankheit fort;
> Sie schleppen von Geschlecht sich zum Geschlechte
> Und rücken sacht von Ort zu Ort.

Was half da ein ordentliches Verfahren, sofern das hohe Gericht, zweifellos blind, Zeit und Ort einer Kette von Untaten nicht erkannte, weil eine Seite im Kalender fehlte – oder umgekehrt nur eine Seite zählte; eine Seite aus der Endzeit des Spanienkrieges mit dem Vermerk: »Peace in our time!« Und damit war der Fall erledigt, wenigstens für das International Military Tribunal von Nürnberg. Da wunderte ich mich noch über den einen oder anderen Wachtposten unter unseren Grenadieren, der bei der Festnahme des »Totenkopfes« Dirlewanger die Faust aus der Tasche gezogen hatte, vor dem »Gnadenschuss«. Ein paar Schützen, die ohne Pause im verdammten zehnten Kriegsjahr standen, seit den ersten Bomben auf Madrid.